中公文庫

# 三島由紀夫 石原慎太郎 全対話

三島由紀夫
石原慎太郎

中央公論新社

目次

I

新人の季節 10
七年後の対話 34
天皇と現代日本の風土 56
守るべきものの価値——われわれは何を選択するか 106

II

モテルということ 142
新劇界を皮肉る 157
作家の女性観と結婚観 189
「教養」は遠くなりにけり 206
あゝ結婚 223

## III

士道について——石原慎太郎氏への公開状　三島由紀夫　240
政治と美について——三島由紀夫氏への返答　石原慎太郎　245

あとがきにかえて
三島さん、懐かしい人　石原慎太郎　251

# 三島由紀夫　石原慎太郎　全対話

# I

# 新人の季節

## エトランジェ

三島　この十年間いろいろ小説を書いてきて、みんな戦後文学の作家たちが佐官級になったわけだ。僕は万年旗手で、いつまで経っても連隊旗手をやっていたのだが、今度、連隊旗を渡すのに適当な人が見つかった。石原さんにぼろぼろの旗をわたしたい。それで石原さんの出現を嬉しくおもっている。この人なら旗手適任でしょう。それで石原さんになぜみんな騒いでいるかというと、原因は簡単なんで、この人はエトランジェなんだね。日本は神代の昔から異邦人を非常に尊敬した。自分の部落民とちがう人種がはいってくると、稀人（まれひと）で客人（まろうど）であり、非常に面白がられて、珍しがられた。そういうふうにしてあなたははいってきたわけだ。僕も以前は多少エトランジェであったわけだ。だんだんエトランジェでなくなったが、エトランジェというのが石原さんの特徴でもあり、売物でもある。ほかの若い作家たちはエトランジェではないので、みな分り切っている。部落のなかに生れた嫡子であり、部落の青年にすぎないが、石原さんは部落の外からやってきた。それが根本ではないかとおもう。しかし僕にとっては、石原さんと会った印象は全然別の人種ということは信じないし、又、全然別の人種が小説を書くということも信じられない。やはりわれわれと共通の問題もあり、時代も何年かちがうが、お互いに若いし、だから僕は異邦人意識をもたないで話ができるようにおもうんだ。あなたはつまり、文壇とか文士とかいうものに、いままでどういう考えを持っていた？　自分の仕事のうえで。

**石原**　そうですね。とにかく僕、小説を書きだすまでは、そういうものにたいして、自分の一つの価値概念を持とうとしたこともないし、持ってなかったですね。なんというのか、いろいろな人に会ってみて、そういうものができつつあるのですけれどもね。なにか人が、よく周りでガヤガヤ言われて非常にうるさいだろうが、気にするな、ああいうものは気にしないでやれといってくれたが、私は別に気にしていなかったので、強がりではないのです。

**三島**　プロフェッショナルな意識がないからだろう。

**石原**　そうかもしれませんね。それはたしかにそうだが、こっちも自分がいまはいっていった部落が非常に珍しくて、彼らが害意を持っているかいないか知るまえに、一所懸命見廻しているというところで……。

三島　気違い部落だな。いわゆる日本の文学青年には一つの型があって、文壇事情に精通し、自分をそういう規格にあてはめて、そうして出てくる人が多いのだけれども、あなたの場合は外れておるところが非常に多いのだけれども、しかしいちがいに外れているとは言えないのではないか？　ぜんぜん関心がなければ小説を書かないだろうから……どういうものを目標に文学を書いてきた？　だれにもわからなくていいとおもった？

石原　そうだなア。ただ非常になにか、こういうことは言わないほうがいいかもしれないけれども、小説を書いて、それについて自分が注目されることは愉快ですよ。おもしろいな。

三島　それはそうだ。

石原　そういう興味が非常にあるな。それでまたなんというか、すこしずつ仕事をしだしてからなんですけれども、やはり商売にならなければしようがないとおもいますね。ちょっと話が戻っちゃうのだけれども、さっき文壇について、小説家についてということですが、僕は所謂（いわゆる）小説家という人間がきらいだったんです。太宰治みたいにね。あの人が非常に、いわゆる小説家というような感じに思えたな。

**三島**　なるほど。

**石原**　ということは、要するに小説家というような自意識をもちすぎている人間のような気がしたんですが。それで僕は非常に三島さんに全然小説を書かないまえから魅力を感じていたのだけれども、それは小説のほかに、なにかまだやりそうだなという感じです。妙な小説家の意識というようなものを感じない気がしたので。

**三島**　つまりね。あなたの例と僕の例は一言にしていえば逆だとおもった。僕は小説家の意識ははじめ強かった。それより若いときもっと強かった。つまり、自分を小説家として規定して、ほかに生き甲斐がないとおもった。結局そういう考えがなくなったのはトーマス・マンを読んでからで、トーマス・マンははじめは芸術家意識が強かったのだが、芸術家は衰滅する人種で、自分が単に芸術家であるとすれば、衰亡の一途を辿るほかはない。それで市民、ビュルガーにあこがれて、すこしでもビュルガーに近づこうとする。そういう意識がトーマス・マンは服装一つでも弊衣破帽式のかっこうはしない。ロマンティック派時代の文士のようなかっこうはしない。銀行家とまちがわれるようなかっこうをする。そういうことがトーマス・マンからきて、僕の意識のなかにはいっているわけだ。そういうことで芸術家というものを隠すというようないきかたになった。いかに隠すかということが、僕の文学だとおもうようになった。それはあなたでも隠しているよ。

**石原**　三島さんに今まで会ったことがないからそういうことはわからなかったのですけれどもね。どういうのかな、小説を読んでいて、小説自体からそういうものを非常に感じたのですがね。というのは三島さん自身がそうおもったかどうか知らないですけれども、自分の生活のなかで文学というものに決定的な価値をおいてないで、ある程度つっ放して、にやにや笑って見ていることが出来る人のような気がしたんです。どうも僕は、いわゆる小説家というのはきらいだな。というか、小説しか書けないような人間……。

**三島**　それはだから、一種の全人意識だね。なんでもできなければ人間嘘だからな。その点ゲーテは政治家であり、あらゆることができたし、色彩に関する研究もしたしね。しかし芸術も一所懸命やらなければとてもできることではない。えらい仕事だからね。

石原　このあいだ山本健吉さんが、おそらく彼は、芸術というものが映画とかスポーツほどの生き甲斐のある、やり甲斐のあるものだとおもってないだろうといわれたのですけれども、よく考えてみると、そういうものがたしかにあるのですよ。

三島　心のなかにね。

石原　ええ。だけど、これからさき小説の仕事もしていきたいし、そのためには、いま自分の実感では大してしたくないような勉強でもしなければならないとおもうし。

三島　それはそうです。たとえば法律をいやいやおやじにやらされた、それがいまになっていいとおもうよ。あなたは経済でしょう。

石原　社会心理学です。ただ社会心理学というのは、小説にはあまり役に立たないのですね。

三島　そうかもしれない。あれは小説でやるようなことを図式的にやるわけですから。

石原　それは無限小にまでアプローチはするが、決してその対象にさわることがないから。

**三島**　それはそうだ。やはりあなたは文学に、社会心理学にないものを求めるわけでしょう。

**石原**　無限小でなく、かならずさわれると……それはスポーツと共通したものがあるのだろうが……。

**三島**　そのものズバリにタッチできるということは、社会心理学ではできない。その点で、思想とか芸術活動は行動とおなじだということをはっきり言ったのは小林秀雄だ。小林秀雄から非常に日本でその点がはっきりしてきたのだな。一つのハントルンクだということをはっきり言った。しかし僕は、つまり先輩ぶって苦言を呈すると、スポーツをあなたがほんとうに重んずるなら、ほんとうに立派な芸術家でなければ意味ないね。あなたがスポーツマンであって、くだらない小説を書いたとしたら、スポーツを冒瀆（ぼうとく）するし、あなたの自己冒瀆になっちゃうだろう。そういう例をいくらも見ている。石原さんに期待するのは、スポーツマンであって同時に芸術家としても立派なものでなければスポーツの意味がない。そこで出てくるのは文体（スタイル）の問題だが、あなたは文体（スタイル）は考えない？

**石原**　スタイルというか、読んでみると文体にスピードがあるかどうかってことをものすごく気にする。その意味じゃ日本のスピード・レコードを作りたいのですが、それが結局スタイルということになってくるでしょう。たとえば探偵小説の文章の牽引力はちがいますけれども、すぐれた探偵小説は途中で本を置きたくないでしょう。あの力がカラクリでひっぱっていくのではなくて、小説の力で読む者を最後までどうしてもひっぱっていかなければならない。その力を僕は欲しいとおもいますね。どんな小さい作品でも……。

**三島**　フローベルが、私は筋骨隆々としたスタイルしか欲しくないという。スタイルが弱いのは大きらいで、スピードが出てスタイルが弱くなったらだめだね。運動でも柔軟性のある筋肉は一見柔かいが、柔かくて強いのだね。そうしてスピードが出る。こつこつ固いのはだめだね。両方兼用したようなスタイルがなければだめだ。あなたはコクトオのスタイルなどは好き？

**石原**　好きですね。このあいだ三島さんがおっしゃったが、陸上競技のようにしなやかでバネのある。

**三島**　非常なスピードですよ。迅速なるスピード、しかしスピードのある文体は、却って早く書けないのではないか？

**石原**　そうですか。

**三島**　僕はそうおもうな。非常に収斂した形の文体でなければスピードがでないと思うがな。

**石原**　書くまえにぼんやりしていてあまり大したこともせずにボサッとしているんですが、やはりそういうときになんというかほんとうに小説のすみずみ、デテールまで考えて、文句まで考えちゃうんです。だからそういう行き方でやりますと、書くときはパッとやった作品は、三島さんのおっしゃったようにじっくり考えてスピード感を出した作品とおなじ速度感があるとおもうが、ただ時間に追われて書いたのは書いた時間がいくら早くてもだめですね。

**三島**　僕のことばかり言うが、芸術はスポーツと関係がないとおもっていた。芸術のコンディションはスポーツのコンディションとちがうとおもっていた。徹夜を続けて体などはどうでもいいと考えていたが、このごろそのころのものを読み直してみると、ここは徹夜した部分、ここはコンディションの悪い部分と、はっきりわかる。それで寝なければいけないとおもった。一日八時間睡眠をとる。書けなければすぐ寝るのだ。コンディションを回復しなければおなじペースにやれないのだね。そういうこととおなじではない？　運動は。

**石原**　僕のは睡眠ではなく、スポーツです。ごく生理的要求ですね。一週間なにか運動しないと、頭がもやもやして、ちっとも文章は浮かんでこないんです。そういうときはタオルを首に巻いて、海岸を三往復ぐらい駈けてくる。だから僕にとったらスポーツは睡眠みたいで、作家の精神と並列したスポーツ精神があって……というようなむずかしいものではなくて、非常に生理的なものなんです。だからほかの人とちがうところはちがうのです、そういう点で。

**三島**　しかしコンディションはあるでしょう。コンディションはかまわない？

**石原**　それでコンディションを整えるわけですよ。

**三島**　でもやはり、徹夜して一里も駈けたらどうかなっちゃうだろう。

**石原**　そうですね。今まで徹夜したことがないから。

**三島**　そうか。

**石原**　たいがい四時になったら寝ちゃいます。四時まで起きているとおそろしい気がして、すぐ寝るんです。

**三島**　僕は非常にそれは最近、大事だということがわかった。年のせいかしら（笑）。石原さんの出現は、三島を若くないと思わせたことにおいて意味があるというやつがあるのだがね（笑）。ですから頭脳もやはりある程度の睡眠がなければぜったいにスピードもでてこないね。おなじだとおもう。

**石原**　僕は頭脳が完全に休息するのは運動の練習か試合をやっているときで、寝ているときよりもそういうときのほうが……。

三島　休息する。

石原　完全にものを考えないですね。休息してますね。ちょっとおかしいのかな。

三島　いやそんなことはないよ。だからつまりあれだろう。頭脳が休息しているということは、なんにも考えないということだ。作品でもほんとうに書いているときは考えないとおなじ心境になるもの。頭は動いているが、頭が疲れているときは一所懸命書いているが、なんにも出てこない。ほんとうに小説を書いていると、運動の快感があるね。のりだしたら非常に運動の快感がある。

石原　結局自分の手が頭のどこかの細胞とおなじような動きかたをするのだろうな。

## 如何に表現するか

編集者　文学作品とフィジカルな問題の関連は、いまの既成文壇作家では考えている人はあまりいないでしょう。

三島　それを僕、石原さんと話したいのだ。

石原　というのは、小説の価値というか、意味というか、それはわけのわからない観念的なものにもどしすぎたのではないかとおもうのですよ。小説のよさとか悪さとか、価値なんてものは、どういうのですか、非常に即物的なものから出て来るのだとおもうのですけれどもね。だから……。

**三島**　それは作品そのものがだろう。

**石原**　そうですね。

**三島**　僕は石原さんの言う意味がわかるが、こういうことではないかとおもうのだな。石原さんが観念性がきらいだということは、芸術の観念性がきらいだということではないとおもう。あなたの作品でも観念的だよ。きみはおそらく観念的青春というものをきらったのだとおもう。文学青年の青春というのは、観念的なものだよ。彼らの観念性は性欲の変形にすぎなくて、ほんとうの観念ではなく、ほんとうの思想ではないのだよ。若い者の思想は、あまりありえないとおもう。それは性欲の変形にすぎないのだ。それならスポーツで処理できるし、芸術をわずらわす必要はない。そういうものにあなたはプロテストしているのだろうと、そういうふうに解釈するな。僕もそういうものは非常にきらいだったな。つまり僕は、人間精神だけがね、つまり精神だけで動いていくということを、だんだん信じられなくなったのだね。ことに作品というのは、人間の肉体とおなじようなもので、肉がなければならず、神経もなければならず、内臓もなければならず、頭だけでできるものではないとおもうのだね。

**石原**　それをなんか妙な観念的な操作とかだけでできてるみたいに思っている。漠然とした作家精神、そういうものには実体がないのですよ。そういうもので作品というものができてくるというのは、非常におかしな話だ。やはり体の調子のいいときは、いいものが書けるとおもうのですね。

**三島**　そうそう。

**石原**　そういうものね。これはこのごろの傾向だとおもうのですけれども、若い時代の恋愛にしろなんにしろ、大人がそのなかに非常に観念性の価値というものをおいているが、恋愛でも文学でも、そういうものの価値というものが非常に即物的なものに変ってきているとおもうのですよ。

**三島**　なにか精神主義に対抗するものが、あらゆる形でできている。これが、物というものがとても意味をもってきているのだな。人間の肉体も一種の物だし、音楽における音も一種の物だというふうに見られてきている。ミュージックコンクレートなどあるだろう。電子音楽がある。僕は電子音楽は好きだけれども、非常に即物的なものだよ。音が物の意味をもっていないのだ。電子音楽は機械音しかない。芸術がそういうふうになってきているということはありうるね。しかし石原さん。やはり作品の骨にあたる部分が観念であるということは変らないのではないか。あなたでも。

**石原**　そうですね。ただ、そういう観念がね、現実に媒介になるものをもってこないで、むきだしにやたらに価値を持たせられて出てくるとうなずけないのですね。それが自分が体を動かした実績から来る実感とか、触れて見た物を通して出てくるならピンとくるのだけれども。だから、ヘミングウェイならヘミングウェイが、一つの行為だけ書きっぱなしたとしても、その行為自体を通して彼の観念というものが出ているわけでしょう。そういうものが屁理屈の言葉ではなくて、実際に彼が触れた生きて動くというものは外へ出てこなくちゃいけないとおもうのですがね。いまの人間の生活感情は、そうなってきているとおもうのです。恋愛にしろ性欲にしろそうですが、なにか漠然と感じたエネルギーではなくて、それを表現するときには、物を通して出てくることが多いのではないかとおもうのですがね。そういう傾向を自分たちのもっている観念の世界の滅亡のように、被害妄想的にきめつけるのは間違ったことだ。大人の情操というものは、結局自分らの作りあげた社会構造といっしょに育ってないのですからね。

**三島**　しかしある行為がね、表現に媒介されて芸術にでてくるということには非常な秘密があるだろう。たとえばあなたが作品を書いてね。それとスポーツをやっているときと、どっちがほんものかということはあるね。

ずいぶん問題だとおもうのだけれども、つまりあなたならスポーツで感ずるようなものが、全部作品にでているかということだろう。それは表現の問題だ。おそらく全部出てないとおもうのだ。あなたは自分でもそうおもっておりはしない？

**石原**　出ておりませんね。

**三島**　出ていないだろう。そこがいちばんむずかしいところだね。人にそれを知らせるということがね。芸術の根本問題はそれなんだから。だから人に知らせうるものと、知らせるのはなんでもないが、自分の体験をある瞬間に、つまり、ホームランならホームランをかっとばした瞬間の人間のある状態を、ほんとうに人に伝達することはむずかしいのではない？

**石原**　スポーツならスポーツの感動というかそういうものはどうも言葉ではどんなに苦心しても伝わらないような気がするのですがね。結局そういう経験をもっている者が、あるものを読んだ場合には、非常に足りない言葉を通して、つまりそれが媒介となって、共感として出てくるかもしれないけれども、それはそれで呼び覚まされた自分の陶酔がもう一度よみがえってくるだけで、必ずしもその小説から伝わってくるのではない。

三島　似たような経験をもっている人だけが共感する……。

石原　そういう意味で小説なら小説にたいして非常に懐疑的というか、そこまで小説というものは完全ですばらしいものだとはおもわないのですがね。

三島　しかし、足りない材料でやっているのが小説家ではないか。言葉は足りない材料だよ。映画ではもっと雄弁な材料があるでしょう。映画でジョン・ウェインが馬のうえでパンパンと人を倒す。そのときにシネマスコープを見ているものは、ジョン・ウェインとおなじような快感を味わう。それは芸術ではない？　言葉という足りない材料でいかに表現するかということが芸術ではない？

石原　小説には読む者のイマジネーションが働く余地があるわけですね。

三島　余地がある。人間だから全然解らないということはありえない。あなたの感じたことが絶対に解らないということはありえない。

石原　それはそうです。ただ、また絶対に解るということはないわけでしょう。

三島　絶対に解るということもないわけだが、そこであきらめないのが文学ではない？　もしほんとうにわからなかったら書かなければいい。

石原　それはたしかにそうだ。僕がそういう点で絶望しきっていたのだったら、小説を書きませんよ。

三島　そうして行動家の一生というものも、あるのだからね。ただ書くという作用は、不自由なんだ。あらゆる点で不自由なんだ。だから面白いのだな。

石原　それは結局おかしな例になるが、不自由さをもってやりながら、どれだけ伝わるかわからない感動なら感動を、小説のなかで伝えようとすることは結局ひとつの賭みたいなものですね。瀬戸物を焼いているようなものじゃないかな。

三島　なにが出るかわからんということ……。

石原　自分はわかっていても、僕の作品が読まれた場合、人によって全く違うと思うのです。

三島　そこで知的なものが動きだすのではない？　あなたの感じたものをどうして人に伝えるか、そこに知性がはじまるのではないか。それは賭博などというものではない。計算したあげくに、なにか出るかもしれない。計算では測りきれないけれども、ギリギリまで計算するわけだ。僕はやはりどこで知的なものを放棄するかということが、芸術家になるかならないかの、岐(わか)れ目だとおもうね。あらゆるところまで、知的に押しつめていって煮つめていって、どこでそれを放棄するかということは、要するになんでもそうだ。それを大事にしていたら、そこでなんにも出てこないから、捨てることだね。それから先はやはり文学でも行動の世界だと思うな。

**石原**　その知的なものを、どこで諦めるかということは、どういうことですか。結局言葉というようなことに関係してくるわけですか。言葉の不自由さということに。

**三島**　言葉の不自由さに関係してくるが、つまり不自由な言語であらゆる計算をめぐらして、それに値する結果ということね。自分で責任をもって、最後の一点では責任をもてない部分であるから、それから先がやはりなにか行動と似たものだね。そのなんというか、そこまで責任をもたなければ、全然だめだよ、そこまでは。

**石原**　結局それは自分が作品をなぜ書いたかということになると思うのです。

## 道徳紊乱者の光栄

**三島**　少し話題を変えるけれども、ゴンクールの日記にこういうことを書いてあるのです。フローベルがある人にこういう質問をされた。あなたはいかなる光栄を求めるか。するとフローベルは、私の求める光栄はただ一つである、道徳紊乱者(びんらんしゃ)の光栄だといったそうだ。そういう点では石原さんもちょっと光栄に浴しているかな。(笑)

**石原**　道徳紊乱ですか。

**三島**　うん……。

**石原**　出てくる反応が全然逆なんで、逆に感心して……そういうこともあるのかとニヤニヤ笑っているけど、不用意にモラルというような言葉を使ったからだが、遠藤周作氏があの作品には抵抗がないというようなことをいっていますが、抵抗も対象があるから抵抗というので、僕が共感を感ずるああいう人間たちには、抵抗しているという意識は全くないのです。抵抗されているという大人たちに対しては、非常に無関心ではないか。それがかえって気になって、大人は取残されたような気がするから、あわてて呼び戻すというようなことだと思うんです。言い換えればあれは悲愴な自惚(うぬぼ)れだと思う。抵抗されていると思っている人間たちだから、モラルを紊乱したと言うけど、そう思うのは、既成モラルを狂信している人間だけで、若い世代には別にそういうものをかきまわそうというつもりもない。――唯、無意識にああいうことをしていることによって、いまにその人間は新しいものをつかんでいくと思う。非常にナイーヴな生活感情のままにですね。

**三島**　無意識なリアクションが……。

**石原**　動いているところに面白さがある、と思うのです。このあいだジェームス・ディーンの『理由なき反抗』ですか、あれなんかも非常にあのラベルのはり方は、大人の自惚れだと思うのですね。大人がもっている価値概念というものと、ああいう世代のもっているものが違うでしょう。価値の置き方がね。所謂大人はそういうものに注意を払おうとしない。アメリカ人の話していることを理解するには、英語を学ばなければならないと同じでね。それをなにかブロークンなカンだけで理解しようというのと同じで、そういう価値概念のギャップはあると思うのですね。ただああいう年代の悲愴さというのは、結局自分なんかは無関心でおいてきた、価値のシステムに変るものをつかんでないでしょう。そういうものをまだ……だからへんなところでとんでもなく古くなってみたりね。

**三島**　ちょうど僕があの年代からいままで出てきた時代は、価値が崩壊している時代のプロセスに立会ったわけだよ。だから僕などは価値崩壊に興味はあったし、道徳紊乱者に興味があった。まあ崩壊しつつあるものに手をかすことは、よいことだという確信があった。あなたは崩壊しちゃったあとに出てきたし、崩壊しちゃったあとの生活感情をもっている。しかし作品というものは、ここにあるわけだ。その作品が一つの価値であるためには、どうしたらいい？　自分の書くものが。

**石原**　それはね。結局そういうものの価値というものを認める場合にね、僕が扱った年代というものの価値の置き方は、大人の価値の置き方と違うのですよ。また一方から見れば大人がもっている価値判断は、僕の世代から見れば価値をおいたことになっていないのだな、非常に見当外れなね。また大人から見れば若い年代が僕に寄せてくれた共感というものは、訳がわからぬと思うのですよ。結局三島さんがいわれたけれども僕はやはり僕と同じ世代といっしょに寝ていたいね。だから、「快楽論争」もよいけれども、ちっともありがたくないですよ。

**三島**　それはよくわかりますよ。あれでありがたかったらたいへんだよ。

**石原**　全然他人のことを聞いているような気がして、見ているのですがね。

**三島**　僕はしかしもしあなたがいまの価値を認めないという考えで、あなたがいるのなら、それは一種のあなたの美学だと思うし、それもあなたの価値体系だと思わざるを得ないね。人間などはそんなに無価値を信じて生きているわけには、いかないよ。それならさっさと死んじゃったらよいのだ。あなたでもやはり価値を信じているのだ。そういうものがあなたの原動力だろうしね。

**石原**　三島さんが言われたように、本来新しい価値というものを信じきれたら、あんな小説は書かんですよ。信ずる信じないは意識的操作だが、なにかそういうものに、動物的信頼というものをおいて、生きている人間は、そういうものに対して反省もしないし、ナイーヴな生活感情で動いているだけでしょう。僕はそういうものには反撥を感ずるが、反面ひかれるのだな。結局僕自身が大人がもっている価値体系を捨てきれてないのでしょう。非常に中ぶらりんで反撥を感じながらも、魅力を感じて小説にしちゃうのだけれども。

**三島**　それは盲目的なものは魅力があるからな。あなたはそれを見ているから、盲目じゃないわけだ。すでに……。

**石原**　ただ僕はああいう行動性というか、ああした生活感情というようなものは、唯、あれだけのものではなくて、もっとほかの面で意味があると思うのですよ。それはインテリならディインテリの現代的行き詰りというものに新しい次のディメンションを開くための、大きな手がかりになると思うが、ただあれと同じ生活をしているからどうということはない。ただそうしたきっかけで次にどんなものが開けてくるか解らないのですが。きのう『中央公論』〔昭和三十一年四月号〕で若い学生と話し合ったが、彼らインテリですから、結局同じことを言うのです。ああいうものに対して共感を感ずるが、あれが手がかりになって、どういう点で次のディメンションが展開していくか解らない、ただ解らなくても、とまっていてはいけないということだけは、解るというのです。だから次の局面というものが開けたとき、はじめて価値体系の体系らしいものが、できてきたときだと思うのですがね。それがどっちの方向にいくかということは、ちょっと見当がつかない。

**三島**　そういう一種の過渡期の思想というものは、昔からあるのだね。謡曲などによく出てくるのだが、「前仏（釈迦）すでに去りまして、後仏（弥勒）いまだ現れず、夢の中間に生れきて」などと言っている。現在はいつも中間的存在ですね。絶対の真理に到達できないという、思想は、昔からあったのだ。

つまりそういう過渡期的な思想を、作家がどう造形するかということは、日本人はね、いままでやっていないのではないか。二葉亭の『浮雲』などというものはあるが、『浮雲』以来ほんとにやってない。

**石原**　ただ三島さんなどのころは、一回倒されたものにかかっていく、要するに道徳紊乱者というか、それの面白さがあったわけでしょう。

ところが今の僕らにはやっつける対象がないのだな。そうしたものには無用心なんだ。つまりいまの世代には跳び上るために蹴る板がない、ただ墜落感だけがあると思うのですよ。

**三島**　ところがそれは、僕はそういう問題もあるし、もう一つは日本および日本文学にほんとうにオーソドックスがないということと、関係があるのではないかと思う。もし日本にバルザックがいたら、ファイトが出るよ。それを倒そうという気がある。バルザックとまでいかなくても、ジイドがいてもね。でも僕は、そういうつまり青春の思想を——青春の思考がどこで作品につながるかということは、いつも面白いと思うのだけれども、それが、それといっしょに滅びてしまうなら現象にすぎないよ。あなたがあれと称するもの、あれといっしょに滅びたら現象にすぎないが、滅びないことが……。

あなたは作家だろう。ゲーテのロマン派体験の場合にはゲーテのウェルテルは自殺しちゃうのだ。そしてゲーテ自身は生き返る。あなたの「処刑の部屋」でも、主人公は恐らく助からんだろう。そういうものであれは生きているのだよ。そこで作品がどうしても出てこなければならないのだね。だから太宰を僕がきらいなのは、一つの時代といっしょに死んじゃったということがいちばんきらいなんだよ。

もっと人間というものは、永続するものだという確信を持つことね。それが文学だとおもうね。平凡な議論だが。

（昭和三十一年四月）

## 七年後の対話

**三島**　この前石原さんと対談やったのが七年前の昭和三十一年の春の『文學界』でしたね。そのときに、今でもおぼえているけど、あなたに文壇の連隊旗手を譲って、今度から旗手になってほしいといっていたわけですよ。七年たってつらつら考えてみるのに、もう軍隊は解体しちゃって、われわれ二人とも復員兵になったんじゃないかという感じがする。その七年の歳月たるや、あなたも僕もいろいろ辛酸をなめて少しおとなになったんじゃないですかね。

**石原**　私は辛酸をなめましたけど、三島さんは巨匠になりおおせたんじゃないですか。

**三島**　冗談じゃない。軍隊がなくなって、どうしてそういうものがあり得ますか。それを僕はきょう開口一番言おうと思って楽しみにしてきた。決してからかう意味じゃなくて、石原さんの経過してきた年月は、ある意味で僕の七年間よりふしぎな七年間ですよね、あなたが象徴している……。

**石原**　僕はそのときに三島さんに言われたことをもう一つおぼえているんですがね。君は文壇という気違い部落に来たまれびとで、ただの人間になってしまうか、まれびとでいるかということなんですけどね、僕はまだまれびとのつもりです。いいにつけ悪いにつけ。

**三島**　でも、半ばまれびと、半ば……そこはつらいところですね。あなたの最近の作品で「屍体」というの、非常に感心したんだけど、僕も平野謙流に昔を思い今を思って感慨にうたれたのは「太陽の季節」は障子を破る話でしょう。今度「屍体」で非常にいい作品を書くというと、あなたの中で何が起ったか、障子を破るものから屍体までのあなたの心の中に何が起ったか、その七年間というもので非常に感じましたよ。何かが起ったに違いない。石原さんの中で何かがこわれたとも言えるし、何かができあがったとも言えるしね。

**石原**　屍体も障子も同じようなもので、非常に大きなものができつつありますがね。ただ僕の最初のは非常に風俗的な問題になりましたけど、たまたまああいう形で現わした文学的問題が、七年の間に意識下にあったものがはっきり意識の中に現われてきたりしたものもあります。でもあのときに書かれていた問題が時世粧の上でもちっとも色あせてないですね。だから一向に新しい旗手が出て来ないのはあたりまえだと思うんです。

**三島**　死という問題、あなたにはじめからあるんだよ。ただ時代がどっちのほうへひっぱって行くかという問題がありますわね。いやでも応でも生のほうへひっぱって行く時代か、いやでも応でも死の主題が強く出てくる時代か。

**石原**　七年間にいろいろあったのは三島さんのほうじゃないですか。僕は三島由紀夫に関して熱心な読者だけど、七年の間に三島さんの小説は非常につまらなくなって、またこのごろ非常に面白くなって、何かあったんじゃないですか。

**三島**　子供が生まれただけだ。なんにもないですよ。でもこの七年間って、あなたは知らないけど、まれに見るつまらない時代じゃない？　実につまらない時代だ。

**編集者**　きょう選挙しましたか？　いまは昔の文士の政治的無関心というのと違うでしょう、かなり内容的に。

**石原**　僕は自分の政治的一つの方法論みたいなものを持っていて、非常にネガティヴなものではあるけど、それでもなお投票していました。だけど今度ははっきりした行為として棄権しましたね。

**三島**　あなたなんかこの七年間に政治家のなまものをだいぶ見たでしょう。

**石原**　見ました。

**三島**　どうです、なまものもつまらないんじゃないですか。

**石原**　つまらんですな。

**三島**　僕はヴァレリーの「芸術の政治学」じゃないけど、芸術という精神構造の中での政治学というのは一番興味があって、そういう政治というものにはますます興味をもつようになった。それは作品の構成にも関係してくるし、人物描写、人物の対立関係、全部関係してくる、小説家としてね。小説中の登場人物が政治的関係を持たないとつまらなくなってきたね。それは広い意味の政治ですがね。ほれたはれただけじゃつまらなくなってきた。

**石原**　人間がほれたはれただけじゃつまらない、広い意味での政治性をもった人間のほうが面白いというのは、つまり三島さんが過去に非常に信奉して抱いていた三島世界に対する訣別の辞ですか。

**三島**　そうでもない。それも石原さん流にいうと、初めから持っていた主題が潜在していたのが出て来たらしいんだね。戯曲を書くということもその一つだろうけどね。

**石原**　三島さんさっきおっしゃったことで小説の効用というものを考えるようになら

れたんですか。

三島　いや、僕は小説のことをあまり考えないことにしたんですよ。大体考えないで書くというふうになっちゃった。

石原　でも小説というのは自分の社会的な方法という意識は前よりもこのごろのほうが強くあるんじゃないですか。

三島　そりゃ僕は『仮面の告白』以来、小説というのはやっぱり人生を解決する、あるいは人生を料理するものだという考えが抜けないね。どんなに唯美的に見えても、その小説が何か作家の行動であって、一種の世界解釈だという考えは抜けないね。ほんとうに生きるということと同じなんだから、それは唯美的に見える作家のほうがかえって強く持っている考えであるかもしれない。ほんとうの意味のつめたい客観性というものは持てないですよ。

石原　僕の言っているのはそういうことと違う次元でのことなんですけど、小説を書くにはコミュニケーションというものをどうしても考えざるを得ないでしょう。

三島　読者とですか。

石原　読者というよりも、もっと大きく人間とか、歴史とかいうことですね。

三島　あんまり考えない。自分だけの問題ですね、ほんとに。

**石原**　それはものすごくうらやましい。だけど嘘だと思うな。（笑）

**三島**　そうかねえ。

**石原**　僕は今でもおぼえていますけどね、むかし新潮社が署名の会を大丸でやったんですよ。僕は一冊しか本が出ていなかったんですけど、三島さんは何冊もあった。僕が何曜日かに当ったら、三島さん非常に気にして見に来て、おい何冊売れた、おれの方が売れてるぞって、ずいぶん気にしていたけどな。（笑）

僕は一つの小説の効用、社会的方法としての小説を信じますね。でも三島さんはそう信じない作家だと思うし、三島さんは自分でいつもそうじゃないとおっしゃっている。だからいつも言うんです。三島さんがどんないい仕事をしてもちっとも気にならない、あんなものこわくないって。

**三島**　でも石原さんの作品を見て解るのは、結局人間同士の連帯感というものへのあなたの最後の夢があるんだよね。そういう夢は、それこそ政治でもできることかもしれないし、実業でもできることかもしれないし、文学でもできることかもしれない。だけど文学だけという連帯感というのは特殊なものだと思いますね。ほかのもので絶対できない連帯感だ。それは何だというと、言葉しかないんだよ。そこに「窮鼠かえって猫を嚙む」ような文学者のやり方があるんだよ。あなたの夢は美しいと思うけど、その夢をどこで捨てるかだな。

**石原**　そうかなあ。僕はだけど政治にも科学にもいろんな分析があり、発見があり、一つのコンストラクションがあるけど、しかし文学が与える分析とか発見とかそういうものが、やっぱり人間というものを一番自主的に深いところで捉えてつなげるんじゃないかなあ。ただ文学というのは卑俗な面でも、つまり政治をやっていると同じような面でもつなげるものを勿論持っているでしょう。

**三島**　そりゃそういう要素もありますよ。小説はことにそういう要素がありますね。

**石原**　どうしてそういうものを小説家って認めないんですかね。

**三島**　日本人というのは結局純粋主義なんだよ。方法も純粋なら、目的も純粋、でき上がったものも純粋というものしかよくわからないんだよ。一例が、堀田善衛さんの小説であれなんかはある意味で純粋主義の反対で、あいまいさと不決断のかたまりみたいなものだからね、こういうものが日本人に解らないというのはよくわかるんだ。

**石原**　しかし堀田さんは自分でそういう純粋なものを抽出できないだけじゃないですか。

**三島**　いや、それがもっともっと大きくなるとワグナーになるんだ。

**石原**　ワグナー的混沌(こんとん)とは全然違うと思うな。ワグナーの混沌はそのまま才能だけど、堀田さんはちょっと違うんじゃないかかな。

**三島**　ところが武田泰淳なんか我々は混沌的作家と思って一応尊敬しているんだけど、彼も一種の純粋主義だよ。そういう点で日本人の心に触れている。どんな小説にしたってそうですよ。僕も仕事をしても、ちょっと純粋主義をはみ出そうと思ったらば、すぐやられちゃいますよ。

**石原**　全然今の問題と違いますけどね、僕は小説を書いていて、いつも感じている焦躁感、絶望感みたいなものがある。それは「太陽の季節」はたまたま実際あった風俗というものをとらえていたので、その媒体で読者というか、社会から遊離したところでとまらずに、つながってくっついたでしょう。だけどもその他の作品では自分が感じている一つのクライメートみたいなもの、志向している風土とか感情とかいうものが日本人とか日本の社会に永久に合わないんじゃないかというような感じがするんですがね。

**三島**　僕は日本の作家はみんなそうだと思いますね。自分は日本に合わない、そして日本人に合わない……僕だってそれは感じます。だけど日本人なんです。そしてその問題で一番悲劇が横光さんだと思うんです。どうも自分の資質は日本人に合わない、日本文学の伝統に合わないと思っているうちに『旅愁』を書いたわけだ。ところがこんな日本人の欠点のよく出た日本人的な小説はないよ。僕たちは合わない合わないと思っているうちに日本人であるということでね。それで一生迷っているのはいやじゃないか。どっかであきらめなきゃ……おれも日本人だというので。

**石原**　僕は仕事をして、自分をぬきさしならずに支配している日本的な感情風土、精神のクライメートというものがあるということを感じますよ。また同時に日本の小説家はそういうことにもあまり無関心というか、そういうものを発見してないなあ。

**三島**　おそらく横光さんがそれ、一番ぶつかったんじゃないかな。そして失敗したというのは貴重な失敗だけどね。あれを、前車の轍（てつ）を踏まないようにしなきゃならない。こわいことですよ。日本人はあんまり日本人という問題を考えちゃいけないんだよ。そうすると結局えらいことになる。私は日本人だと思っていれば、そんなこと問題性になり得ないような問題だから、おれはそうすることにきめた。何をやるんでも日本人だと思っている。

**石原**　三島さんはむかし『小説家の休暇』の中で、日本のかかる文化的な混乱こそ真にインターナショナルな新文明に対する最も前進した母体だというようなことを言われたでしょう。あれ僕は反対なんですよ。非常にオプティミスティクな方便的な文化論だなと思う。そとで講演するときは全部それをマクラにしてやる。（笑）

**三島**　おれの知らないところでいろいろやっているらしいな。

**石原**　桑原（武夫）氏なんかもそういうことを言っているけど、ナショナルとか、インターナショナルという言葉は、ちっぽけな感じがしてそういうものをきちっときめてかからないと、いつまでたっても要するに無秩序な……秩序のある混沌と秩序のない混沌みたいなものがあるでしょう、秩序のない混沌だと思うな、僕。

**三島**　でもその混沌をまるごと挑戦しようと思うのはむりだね。みんないろいろやっているけど。

**石原**　三島さんも『鏡子の家』で失敗しましたね。唯一の成功したのは僕だけですよ。

**三島**　君のそういう単純なアレもだんだん聞きなれるとこわくなくなってくるわ（笑）。一説によると、石原慎太郎と林房雄とはとても似ているという説がある。

**石原**　いや、三島さんが言っていたようだけど（笑）。そんなことないなあ。

**三島**　僕は林さんというのは非常に好きだけど、石原さんも好きですよ。そういう何かふしぎなところが似てるというんだ。自意識において破滅しない作家というものの典型だよ。自意識において破滅する作家は太宰治みたいなのをいう。こういう作家は嫌いなんだから、自分はそうありたくないと思っているでしょう。あなただの林さんは好きですよ。それはこの人たちはどうほうっておいても、どんなにいじめても、自意識の問題で破滅することはない。それは悪口いえば無意識過多ということになるよね（笑）。僕はそういうふうには言わないよ。しかし林さんの問題ってそこにあると思う。小林さんもぶつかった問題だし、だれもぶつかった問題だけど、自意識というものがどういうふうに人間をばらばらにし、めちゃくちゃにしちゃうかという問題にぶつかったときに、耐え得る人と耐え得ない人があるんだね。梶井基次郎みたいに病気で死んじゃえば簡単だよ。だけど人間みんな生きなきゃならないんだから、どうしても勝たなきゃならない。絶対生きられる人っていいじゃないですか。

舟橋聖一さんなんかもそういうところあるね。これは全然別の形だ。しかし彼もまた自意識において破滅することはないですよ。谷崎さんもそうかもしれない。ただちょっと異色は川端さんでね、こんな自意識の問題をすれすれまで行ってよけて通った人はいないんじゃないかなあ。いつも一歩手前なんですけど、破滅しないんですよ。

**編集者**　石原さんの文学は、三島さんだってそうだけど、たとえばだれと似ているという人はいませんね。全然違うような気がしますよ。つまり小説を書くということはほんの何分の一かじゃないかという気がする。生きていくことの上で……。

**石原**　それは違うな。

**三島**　そんなことない。一所懸命ですよ。それは非常によく感じますね。

**石原**　ただ僕はほかのこともしながら小説を一所懸命書こうと思っているだけで。でも小説だけ書いたら自分がダメになっちゃうというのかしら。僕は二十八歳まで背が伸びていたんですよ。だから五十になり六十になるための自分の栄養とかそういうものを今でも蓄えてないとね。三島さんみたいな卑小な肉体じゃないからね。

**三島**　裸になって比べよう。いつでも比べますよ。洋服着てちゃわからない。

**石原**　つまり三島さんは自分というものをそういうふうに武装したり整えたりするのにボディビルですんじゃうけど……三島さんって生まれる前から自意識をもった人だから。僕はそうじゃない。ヨットレースへ行ったりよけいなことをするのは、小説を書くために、文学に利用するためにという決してそういう意識じゃない。もっと文学以前の生理生活の欲求です。たとえば劇場のことだって、僕はなにも重役にまでなり下がってやることはないのです。しかし演劇に関して、もう少し自由な自分の状況みたいなものをつくらなきゃいけないし、日本では自分でやらなきゃだれも変えてくれないもの、しようがないから僕自身がやっている。これは三島さんのためにもやってるんですよ。

**三島**　あなたが一所懸命だということは、僕はあなたに対して終始一貫感じていることだよ。だけど世間は必ずしもそうは思わないね。それは日本の社会というものだよ。

ほんとにそう思う。日本の社会というものは、一つ事をやればいくらルーズにやっても一所懸命だと思っている。そして幾つものことをやれば一所懸命と思わない。

**石原**　週刊誌を見たら、好きな人と嫌いな人というのの僕は両方ともベストテンに入っているので笑っちゃった。語るに落ちるな。もっとも光栄だけれどもね。

**編集者**　今、石原さんの仕事のしかたで出たけど、三島さんはいわゆるジャーナリズム、マスコミを相手にしていないわけでしょう。自分のペースで……。

**石原**　いやいや、こんなにマスコミを意識して、しかも見事にそういうものをひねりつぶして、つまり自分のペースを保っている人っていない。僕が出発したときに伊藤整氏が、たくさん小説家がいて全部相手にしきれないから、大事な人間だけ五人か十人マークしなさいと言った。非常にいいことだと思って、自分でリストをつくって、消えていったり新しく加わった人間もいますが、三島さんっていつも私のベストテンにいますよ（笑）。本人を前に置いて言うのはくやしいけど、三島さんをほんとうに尊敬するのは、やっぱり見事に自分をコントロールしていますよ。そして自分のペースを知っているし、それが単にストイックな態度というんじゃない。一つの見事な才能だと思う。

**三島**　山師なんですよ。

**石原**　そんなてれなくていい。いくら悪ぶったってダメです。

**三島**　マスコミという観念がおかしいよ。石原さん以後に出てきた作家って観念に振りまわされて、マスコミというものがあるんだ、なんかそういうものがあるんだという観念がある。だけどそれは頭の中の映像にすぎないよ。マスコミなんてなんにもありゃしない。そのないところでどうやって徒手空拳でやっていくかということだろう。ないものはないとしておけばいいじゃないか。あると思うからいろんな問題が起きるんでね。

**石原**　だけど、ないとは絶対に言いきれないし、あるとも絶対に言いきれない。それをあらしめるか、なからしめるかということは……。

**三島**　マスコミってのは完全な観念だと思うな。

**石原**　そういうとほんとうに観念だな。実体じゃないと思う。宇能鴻一郎なんて才能があったのかなかったのか今でもよくわからないけど、あの人なんかそういうものを一番実体的に感じちゃってしぼんじゃったでしょう。

**三島**　そうでしょう。相手を実体と思ったら、もう振りまわすこともできなければ、それを利用することもできないんじゃないか。われわれはたとえばNHKのビルの前へ行くと大きなビルだと思って感心する。ところがあれはただコンクリートのかたまりで、中に人間がいるだけだ。そして小説家の目はほんとうは人間しか見えないはずなんで、コンクリートのかたまりなんて見えるわけはないはずなんだ。だけど世間の見方というものはコンクリートが先に見えちゃうんだよ。ことに新人作家はコンクリートが見えてから物事を始めるからあぶないよ。

**編集者**　次の旗手が出ないというのはそういうところにもあるかしら。

**三島**　軍隊が崩壊したんだからね。われわれは昔の軍服着てやみ市をうろついてるところですよ。石原さんも復員軍人。あんたと会ったら日露戦争の話でもしようと思って来たんだよ（笑）。もう戦争という観念は危険はなくなったし、有毒でもないし、有害でもないと思うね。水素爆弾なんてできちゃったんだからね。そういうものを危険だと思っているのは、左翼のごく保守的な人たちの考えだね。僕たちはどんな有害な思想をもってきたって、水素爆弾にはかなわないから大丈夫だよ。

**石原**　僕はやっぱり思想は今日でも有害であり得るし、同時にまたすべてを変え得る、と思うことにしてます。だから一所懸命他人にくっつこうくっつこうと思って、文学もその方法だと思ってるんですよ。

**三島**　でも夢がある間はほんとうに有害な思想は出てこないよ。

**石原**　夢は僕はないですよ。それが夢かな。もっとせっぱつまった願いだけどなあ。

**三島**　夢だよ。出てくるよ。あんた、僕にとうとうくれなかったけど、『日本零年』、あれ『文學界』で読んだところによると、まだ夢ありますよ。でも石原さんは僕より徹底している。僕は先輩には本の贈呈もするけど、石原さんはくれない。

**石原**　これから贈ります。

**三島**　小説家がおれの小説を読むなんてのは軽蔑しているわけですね。「おれには日生劇場があるんだぞ」（笑）

**石原**　チクショウ。

　ところで、僕は歌舞伎って知りませんけど、もっとどうにかなると思ってるんですがね、いろんな人が書けば。

**三島**　どうにもならないですよ。僕は自分でやってみてそう思いました。

**石原**　役者が悪いんですか。

**三島**　役者一人の罪じゃないでしょうね。どうにもならないです。

**石原**　つまり歌舞伎が興隆した、新作がどんどん出て来たころのようなものは全然望めませんか。

**三島**　絶対望めませんね。僕はそれはたびたびいっていることですけど、役者に形式意欲が不足しているんですよ。役者自体だけの罪じゃない。それは時代全体の罪だけど、つまり歌舞伎役者の使命はなにかというと、一つの台本を、どんなくだらない台本でもいい、この台本をつかまえたら、それに形式美なり様式美を与えることですよ。それがなくなって歌舞伎というものはある意味では死んだんですよ。

**石原**　それはやっぱり三島さん的な解釈でね、歌舞伎というものは様式美でも何でもないと思うんですよ。やっぱり芝居の一つなんだからもっと劇の発生ということをすなおに考えてみればいいんじゃないかしら。日本の芝居も西洋の芝居も同じじゃないですか。

**三島**　それを徹底的にやったのは六代目菊五郎ですよ。寺子屋の松王みたいな古いものでも、黙阿弥の世話物でも徹底的にそれをやってみた。やってみて六代目の業績というものは結局今古典的な部分しか残っていない。つまり舞台で行儀よくするとか、いやなことをしないとか、必然性のない演技をしないとか、そういうことだけ残しちゃった。もうそれしか残らない。

**石原**　そのときに作者がいなければダメでしょう。

**三島**　もう作者もいらないんじゃないか。古いものをやってればいいんじゃないですか。

**石原**　そうかなあ。僕はやっぱり六代目の時にいい作者がいたら、ほんとに高度のワン・エポックをつくったんじゃないかと思うんですがね。

**三島**　僕は日本人を考えてもっと問題が大きくなりますがね。いろいろな時代時代で一つのジャンルがだんだん発展していくと、そのジャンルの形式的完成ということをまず心がける。それが成就されると、あとそのジャンルは死んじゃう。外国では死んでなくなるんだけど、日本では完成度のまんま残る。そして何年も何年も残っていった。お能がそうだし、歌舞伎がそうだ。それから小説はどうだろうかという問題になると、小説は明治で一応とぎれて、小説というものの新しいジャンルが日本に入って来た。日本人の感情は小説というジャンルが入ってくると、そのジャンルに注目して、そのジャンルの形式的完成ということをまず考える。自然主義とかなんとかいろんなことを言うけど、結局小説というもののジャンルの日本的な形式の完成は何だろうかということをみんなが考えるわけだ。そしてそれがまだできたところまでいかないのが、我々が小説を書いている理由だよ。いつかそれができたら、日本人は小説を捨てるだろうね。小説というものはまた型で繰り返されるようなものになっちゃう。

**石原**　僕はそう思わない。

**三島**　日本人の芸術理念ってそうだよ。そうしてそれを残すというところが日本人だ。

**石原**　それはしかし明治以後もそれ以前も同じですか。

三島　同じだと思うね。お能だってそうだしね。

石原　それは、日本の文化なるものはどういう形で過去につくられたかということに問題があるんだけど。

三島　というのは、日本人というのは方法論がないかわりに、無意識の形式意欲がある。無意識の形式的完成に対する日本人独特の感覚的な厳しい意欲がある。そしてある新しいものが入ってくると、日本人は無意識にそれを形式的にキャッチしようと思う。それはみんな文芸批評家や文学史家がある意味で見逃していることであって、内容的なものは日本人には本質的なものじゃない。自然主義運動と一口に言うけれども、自然主義運動は何だ、私小説運動は何だというと、小説という新しい形式をいかに咀嚼し、いかにこれを形式的に完成するかという努力なんだ。それは、小林秀雄氏がフォルム、フォルムとしきりに言うけど、日本人の直感的なものだね。どうしてもそういうものがないと日本人は満足しないんだから。

石原　常に日本人がそういうふうにものをつくって考えていくというのは、態度がパッシヴだということでしょう。

三島　いや、形式意欲って決してパッシヴじゃない。

石原　そうかな。根源的なところではパッシヴじゃないかしら。日本の文明ってのはいつも他与的だ。つまり三島さんなんかは日本人のオリジナリティというものに対する非常にネガティヴな観念があるというわけですね。僕はそれはいちがいには言いきれんと思う。そういうものがわれわれの肉体的な伝統の中にあるのならば、そういうものを変えなきゃいけないし、そんなものをいつまでも踏襲してもしようがないと思う。

**三島**　変えるなんてことができますか。

**石原**　うん。僕はそういうときに日本人というものは個々人の肉体というものに対する精神をもう少し変質すればいいんじゃないかと思うんです。自己の肉体に固執すれば。そういうところからじゃなかったら、日本人のオリジナリティは出て来ないでしょう。

**三島**　でも昔小説家はビフテキ食えばバルザックみたいになるというので、僕はそれをけんけん服膺(ふくよう)して一週間に五回ビフテキ食っていて、なんにも効果がないもの。（笑）

**石原**　そうじゃない。肉体というのはボディビルの肉体じゃない（笑）。肉体的な存在感というか、そういうものが日本人には希薄すぎるな。

**三島**　そりゃ仏教の伝統もあるし、なにもあるし、この世は仮りの住まいだという考えがどうしても抜けないからな。

**石原**　確かに日本人は様式の完成に対する執着ってありますね。日本の文明の伝統はそういうものは全部つくってきたし、現在でもそういうものはあるし、だから現在の小説は非常に繁栄しても力がないのはそういうところだと思うんですよ。

**三島**　力がないかどうか知らないけれど、少なくとも弁証法的な発展はしないんだ。つまり形式を完成して、次に内容というふうにいかない。形式だけできればほんとうに最高のことですよ。

**石原**　大岡（昇平）さんなんかそういう点で非常に成功した作品がある。

**三島**　そうですよ。大岡さんの作品は非常にりっぱな形式的に完成した作品、そこが重点なんで、大岡さんのねらっているものと違うかもしれないんだよ。

**石原**　僕は日本の文学なり芸術に対して、それほどペシミスティックじゃない。歌舞伎なら歌舞伎というものは変えられると思いますね。

**三島**　僕は絶対に思いませんな。

**石原**　だって過去に（鶴屋）南北でも（河竹）黙阿弥でも出てきて、変ってきたわけですからね。

**三島**　かつてはありましたけど。

石原　何でそれが今も出得ないんですか。

三島　言葉の問題もあるし、それから歌舞伎という本質的な精神がもうなくなっていると思うね。

石原　本質的な歌舞伎の精神とか新劇の精神は知らないけど、僕は劇がすなおに劇であれば、そういうものはもう一回よみがえると思うけどな。

三島　僕は新劇は新劇なりに芸術的完成だけをねらってきて、それでもう終わったものだと思いますよ。

石原　つまり新劇でも歌舞伎でもひっくるめて、日本の劇界に劇がないですね。

三島　劇がないということは、ほんとうにハラを打ちあけてぶつからないということですね。実に芝居の台詞(せりふ)を書くときにそう思うね。ほんとうにポレミックを芝居のなかでやろうとすると、日本人の場合嘘になっちゃうね。

石原　芝居を観に来る客ってやはり劇を求めて来る。劇というものは人間の生活の中で一番ハイボルテージなものでしょう。容積が少なくてもね。

（昭和三十九年一月）

# 天皇と現代日本の風土

## 「LSD」と「G」の世界

**三島**　たまたま君がLSDを書いたでしょう。それでね、ぼくがF104を書く時にね、『文芸』の編集部に言ったんだよ。「今の世界の感覚というのはね、一方にLSDがあって、一方にGがある。LSDというのは、クレージーな人間がやることでぼくはやりたくない、Gの方がやりたい、Gを体験したいんだ」と話してたらね、たまたまぼくが「F104」(『文芸』二月号)を書いたのと同じ月の雑誌に君の「L・S・D」(『文學界』二月号)という字が出ちゃった。両極ですよね、あれは。

**石原**　ぼくはジェット機はやったけど、LSDはやったことないですよ。

**三島**　でもね……。

**石原**　あれ、読んでいただきました？

**三島**　読みました。ぼくは、あの初めの幻想場面が非常に好きなんだよ。ストーリーが始まるまで。ストーリーが始まると、お話がねえ、つまり、あのジャーナリズムの俗臭から入っちゃって、ＬＳＤの世界と俗物の世界をスタイルで、はっきり別けていればいいんだけど。俗物の世界が普通のスタイルなんだよ。ごく普通のストーリー・テリングのスタイルなんだよ。ＬＳＤの幻想の方はいいスタイルだ。実に質のいいスタイルなんだよ。それがぼくはちょっと気になったんだ。つまりＬＳＤをああいうスタイルで書けばだね、こっちが俗物の世界を、俗物のスタイルで、本当に臭くてかなわないようなスタイルで書くべきだと思うね。お話になっちゃっているところで、ちょっと残念なのは、子供の事故の問題とベトナム少年兵の問題ね。あれがお話になっちゃったのが残念だった。「ファンキー・ジャンプ」みたいに、幻想一本槍でいくべきだったか、あるいは、もしそれを払拭するならば、片方の俗物の方のスタイルを、君がもう、本当に意識的な俗物のスタイルを作ったらと思って。それが感想。

**石原**　うそですよ。（笑）

でも君は、「朱雀家の滅亡」という芝居を渋柿と言って歩いているようだが。

**三島**　それなら「Ｌ・Ｓ・Ｄ」は渋柿じゃあなくて、吊るし柿というか、相当なもんだよ。（笑）

**石原**　いやいや、浅利〔慶太〕がそういうことを言っていたようだけど、うまいことを言ったな。三島さんの芝居は、甘柿も渋柿もなるなるだって。しかし、「朱雀家の滅亡」は渋柿ですよ。

**三島**　君は友人とは何ぞやということが全然わかってないから。大江健三郎だって友人なんだから、ぼくは何でも君に対して言えるわけだ。でも石原さん、政治の世界に入ったら、もう友人なんて言葉やめなさいよ。

**石原**　敵か味方。

**三島**　そう敵か味方しかないよ。男の世界だろう。友人なんて言葉、本当に気持ち悪いからよして下さい。ぼくは、大江が君のことを友人と言うのは許せるんだ。あれはそういう人種だからね。

だけど君が大江のことを友人と言うのは許せないよ。そういうことを言うべきじゃあないよ。ワラジ虫だろう。何でワラジ虫を友人と呼ばなきゃならないの。(笑)

**石原**　だから今度『文芸』で斬りましたよ。

**三島**　斬ったと言っても、友人と書いてるじゃあないか。だけど政治という原理を導入したら、もう友人なんてありゃあしない。

**石原**　無神経にああいうこと言って確かに、ああ言われりゃあ大江も敵だな。

三島　むこうが友人といういやらしさを君が斬り返すのなら、友人と言っちゃあいけないな。絶対に人種が違う。ぼくはああいう文壇的な友人という考えが、昔から嫌いなんだ。例えば、大江と江藤〔淳〕との対談でもな、友人なんてことから全体を始めるだろう。あれいやだね、あなたの選挙演説などする気も何もないけど、ぼくは君のことを、友人じゃあないけど、味方だと思ってるよ。敵だと思ってないな。

## 「円谷の死」と自尊心

三島　でも君も、人の小説をばかにするけど、「剣」という小説を君が読んでたときに、三島さん、あんな人、今の日本にいますかと言ったでしょう。いたじゃあないですか。円谷（つぶらや）〔幸吉〕選手。あれは本当に自尊心の自殺でしょう。きれいですよ。われわれも自尊心をなしくずしにして生きているけど、やっぱりああいうのを見ると、実際に反省するね。
石原　しかし、もったいない話だな。
三島　もったいなくないよ。
石原　走れなくたっていいよ。あたら一人の男が、毎日走る以外に、その先何ができたかわかりゃあしない。走るなんてことは誰にでもできる。三島さんの好きなクーデターだって、この先可能かも知れない。

**三島**　ぼくはやることはたくさんあるとは思わないね。

**石原**　しかし円谷というのは、ぼくは、オリンピックの時スタジアムで見ていたけど、ヒートレーに ぬかれた時に、こいつは大したランナーじゃあないと思ったなあ。アベベがアキレス腱を切ったんなら絶対に死なないね。それに彼がもし昔の軍人だったら死なない。円谷を殺したのは日本の憲法だな。

**三島**　ぼくはやっぱり、ああいうふうに自尊心の根拠が危なくなったら死ぬっていうの、とっても好きなんだよ。われわれ文士は自尊心の根拠が危なくなったかどうかわからないだろう。それで苦しむわけだ。例えば、ある人はぼくのことをね、三島が自尊心の根拠と思ってるものはありゃあしない、と言うかも知れない。君を目してもそう言うかも知れない。生きてるだろう。今生きてるってことは、何かの言訳にすぎないだろう。だけど円谷の自尊心の根拠は、走ることと誰の目にも見えるでしょう。走ることは大したことかどうかわからない。オリンピックはつまらぬものかも知れない。彼の自尊心の根拠は誰の目にも見えて、それが危くなったということも誰の目にも見えて、彼はそれをよく知ってて、それを守るには、死ぬことしかないということを知

って て、死んだんだからね。本当にりっぱだよ。

**石原**　三島さんもノーベル賞をもらえないと自殺するかも知れないいんじゃあないんですか？

**三島**　だけど、あれは自尊心の根拠じゃあないでしょう。（笑）君は政治をやるときに、自尊心の根拠をどこに置きますか。円谷は走るということに置くでしょう。ごく単純で、誰の目にも見えるでしょう。君の場合は、もう若さじゃあないでしょう。君の思想ですか。存在ですか。精神？

**石原**　それは存在ですねえ。

**三島**　存在だろう。ぼくはね、あなたに言いたかったことは、つまり文士だって何も特別な人種じゃあなくて、俺がやらなきゃあ誰もやらないんだというものあるだろう。政治でなくったって何でもいい。そういうものを持たない文士というものは、お互いに軽蔑するよねえ。それをやることを、とやかく人が言うことないだろう。

**石原**　そうです。何をやろうと、結局人間の存在にかかわるもので、カテゴリイの問題じゃあないですよ。

石原　今日ね、小林秀雄さんに会ってきたんですよ。小林さんはね、新しくやることのないやつは、かわいそうだ、と言ってましたよ。

三島　そうだ。

石原　小林さんおもしろい話をしてたなあ。日本の文明というのは、結局密教を研究しないとわからないって言ってましたけどね。本当にそうだな。ぼくも新興宗教を調べてそう思った。

三島　密教というのは、ヒンズーが仏教に入って日本にやってきた。仏像の手がいっぱいあるのが密教だろう。君だって手がいっぱいあるから密教じゃあないか。そうだろう。（笑）

石原　三島さんも、ボディビルをやったり、剣道やったり。

三島　ほかの手はまあ……。

石原　しかし、手と手で殺し合ってる感じ。（笑）

三島　この間、平林〔たい子〕さんの一文を読んでね、ぼくは君に文学を捨てて政治をやりなさいって言ったでしょう。君は文学を続けることは、甘い考えだということがもとにあるでしょうが。

**石原**　それは平林さんの原理でしょう。

**三島**　ぼくは文学を捨てるってことは何であるかということは、いちがいに言えないよ。例えばね、小説を書かないことが文学を捨てることかどうかは実にわからないよ。

**石原**　そうなんだ。ぼくにとって文学は、ぼくがこうして在ることですよ。みんなそれがわからなくてね、変に様式化されたメディアというもの、つまり方法という意識で文学を考える。しかしこれは、実に大それた考えだな。ぼくは今度選挙のために、今まで関係なかった無数の人に会いましたが、小説家が信じてる方法と、それがもたらすフルーツなんてものはね、絶対的にある、実際にある、現代日本の国家社会から見れば、一種の妄想ですよ。しかし妄想は妄想でいい。だが、それを「現実」と信じるところに誤謬が生じる。

**三島**　ぼくは明らかにそう思うね。今小説家が掲げている文学の、根拠は実にあやしげな曖昧なもんだよ。ある適確な言葉を使うという場合にだね——石原さんは決して適確な言葉を使わない人だけれども（笑）——例えばツゲの木がどういう木であって、それがどういうふうにはえてて、それをどういうふうに表現すべきかというのはね、そういう物を作家が表現して、それを静かな言葉でもって物と対立するでしょう。それを言葉で表現するでしょう。そういうことが文学だという考えはね、志賀さんのものなんかにはよく出てますね。動物とか植物とかね、自分の外側にあるものをそのまま言葉に移すんですね。

それで、この間104の訓練を受けた後で、ある文学者の会に出たんですよ。そしたらね、漆に刺があるかないかって議論している。それでぼくはね、その時とっても違和感を感じた。漆の木に刺があるかないかってことは、文学にとっては大問題なんですよ。つまり文学において、漆の木に刺がないのに、刺があると書いたらその文学は間違いであり、刺があるのにないと書いたらこれまた間違いである。だから文学者というものは、漆に刺があるかないかよく知っていなきゃあならない。

しかし、それと今自分がやってきた、何か変な部屋（プレシャー・チェンバー）に入れられてね、変な苦しい目にあったことと、どういう関係があるのかと。そして文学とその対象となっている物との関係というものは、どうして漆の木でなけりゃあならんのかということで、感覚的に、とっても違和感を感じちゃった。どうしてあっちの方は閑却されて、漆の方が大事なんだろう。日本人の一種のアニミズムがあるね。植物や動物に対する。あれだけが文学だって考えがとっても強いんだよ。

石原　それはつまり、文学の本来的な意味から言ったら、一種のトリビアリズムでしょう。

三島　まあそうだろうねえ。

## 「文学」と「文学様式」以外の媒体

石原　ぼくは現代という時代に、文学は、文学としての存在の根元的な試練の場に帰ってきたと思うんですよ。それは結局、三島さんが感じた本来の文学と、いわゆる今の文学とのディファランシーとは、三島さんにとっては違和感がある。三島さんにとってはF104というのは文学でしょう。つまり何ていうのかなあ、様式というものはいろんなものになっているけど、その中でせんじつめると結局、文学はやっぱり個々の人間の存在論の問題だと思うんですがねえ。

三島　そうですよ。

石原　ところが、日本の文学者は、そうじゃあないんだなあ。

三島　ぼくは、あなたのあせりってものはよくわかるんだけどねえ。自分がこういうふうに存在して、どうしてその存在の仕方がわるいんだろうと、そういうことだろう。

石原　いや、どうして。わるいとは愚痴ってませんよ。

三島　わるいとは思わなきゃあぼくはこうなんだと主張する必要はないよ。君のもっている形というものがあるんだろう。君はそれを言葉で表現しなければ世間は認めない。文壇も認めない。それでぼくも認めない。（笑）

石原　そうじゃあない。ぼくは日本中歩いてみて思ったけど、人間が自分の存在を主張する形というのは、結局この世にいる人間の存在の数だけあるんですよ。文壇が認めないから、世間が認めないというもんじゃあ絶対にない。それは文士の思い上がりだと思う。

三島　歩いてどうしてそんなことがわかる。

だから君とぼくと違うところはね、君は言葉というものを、いくつかある媒体の一つと考えてるんだよ。ぼくは言葉と言葉以外の媒体とは全然次元の違ったものと考えてるんだよ。自分の存在がだね、どっちによって表現されるべきかという問題については、君と同じあせりを持ってるんだ。

石原　そうかなあ。ぼくはやっぱり三島さんは、意識的に言葉以外の媒体というものを否定していると思う。三島由紀夫という存在は、言葉とボディビルとどっちがどれだけ表現しているかわかりませんねえ。（笑）

**三島**　それは人の話すことで、ぼくのやっていることじゃあないよ。

**石原**　しかし、やっぱり三島由紀夫はジェット機に便乗してもいかんし、ぼくが壇上で倒れて初めて、かけつけてはいけないんだ。自分で操縦し、クーデターを起こさなきゃあだめなんですよ。

**三島**　君、参議院でクーデターが起こせるか？

**石原**　起こせる、起こせる。（笑）

まず一歩中に入ってから、それから二歩、三歩入って……。

## イメージと行動

**三島**　しかし君は行動しているが、ぼくは絶対に行動しないからね。これは前から君に言われていることだが、何を言われてもぼくは行動しないでしょう。だけど今の世界では、イメージと行動とどっちが大事なんですかね。自分で一生懸命行動したいと思うのは、ただイメージが欲しいからじゃあないのかね。

**石原**　しかしイメージというのは、行為というものを伴なわなきゃあ出てこないでしょう。言葉だけじゃあ絶対に出てこないですよ。

三島　そうとも言えないよ。大江健三郎にだってわれわれイメージを持ってるよ。

石原　あれが本当のイメージですか。

三島　うん。彼らはそれを作ることに一心不乱じゃあないですか。江藤も同じだ。自分のイメージ作りに精根を傾けているだろう。社会のために何か役割を持とうという意識だね。それはイメージを否定しても、どうしてもついてくるでしょう。役割というものも今はイメージを通して出てくるでしょう。石原慎太郎というイメージを抜きにして、君の参議院選挙はないでしょう。

石原　でも、イメージをずい分損ったとも言われますがね。

三島　でもそれはイメージを通してるんだ。

石原　まあ、そういう否定の意味でも。結局カテゴリイの問題です。

三島　君はしかし、現実の政治家というものにいろんな夢を持つかい。これはできそうだとか。

石原　ないなあ。だからやっぱり……。

三島　自分でやるほかない？

石原　うん。やる気になるんで。つまり、既製の政治家の誰かに、何というか、真実託せるものがあったら、ぼくは、やっぱりものを書くだけだったと思いますね。

**三島**　ぼくは、あなたがとにかくやろうって気持ちは自分にはわかるような気がするんだ。それで、文士が何かやろうとする人間に対して、あの嫉妬心はどうだろう。ぼくは自分で何もやらないけど、嫉妬心は持たないね。何かやりたいという根本的動機はわかるような気がする。左翼運動をやろうというんなら彼らにも嫉妬はないんだろう。

**石原**　そうですねえ。

## フィクションの実現性

**三島**　まあ左翼というのは、永久に実現しない観念だからね。芸術なんだ。

**石原**　芸術は絶対に実現しないものと思いますか。ぼくはさせようと願うが。

**三島**　実現しないもんだ。ぼくは自衛隊に関係してから、つくづくそれを感ずるようになりました。つまり、政治は国民の税を減じたり増やしたり、福祉事業をやったり、手にさわるものは何かあるけどねえ。自衛隊というものは、今の日本では全くフィクションとイマジネーションの世界で、そのために死ぬほどの訓練をしているでしょう。それはまるで芸術家とよく似て、フィクションの世界にも生きてるんだ。全部想像力の世界だからねえ。戦争だって全部想像力の世界だよ。想定された敵部隊のことをアグレッサーというんだね。だからアグレッサーの兵力を規定するだろう。これこれのアグレッサーに対して、これだけの兵力を固めて、ここからこうとねえ。

その想像力の構成は芸術とちっとも変わらない。今つまり一番暴力を持ってる者が想像力の世界に生きてて、平和なやつが政治に挺身している。われわれは抑圧された暴力に生きているから、それは芸術家も自衛隊と同じだなあ。

君はその力を解放しようというんだろう。自分の持っている抑圧された潜在的暴力を。しかしクーデターにはいかないですよ。せいぜい文部大臣ですよ。（笑）

**石原**　だけどね、自衛隊の場合では、彼らが信奉しているフィクションというものが、実現される可能性がいくぼくはあるでしょう。

**三島**　でもねえ、やはりゼロに等しいよ。ゼロだからこそ、ある意味では楽しいんだね。

戦前の軍隊をぼくはよく知らないけど、今の自衛隊はそういう存在だよ。ほとんど実現の可能性ゼロのところで、そのために非常な国費を使い、そして死ぬほどの訓練をやっている。

ですから円谷が死んでも、つまりオリンピック（ぼくは本質的にはくだらんもんだと思うが）のために死ぬぐらいなことしか日本にはないんだ。今のところはね。それをやりたくなったら、社会を改革するか、クーデターか、革命しかないだろう。自分が死ぬか革命をやるか、どっちかでしょうね。

**石原**　しかしまあ見てて下さい。三島さんのクーデターじゃあないですけどいろいろおもしろいことできると思うなあ……。今の自民党というものを一度ばらばらにさす。そういう起爆をぼくが果たすことができると思う。

**三島**　自民党を破滅さしてそれからどうする？

**石原**　いや、言葉は空しいね。（笑）

## 官僚は常に無キズ

**三島**　君は昭和十年代の統制派の軍部と、革新官僚のことよく読んだ？

**石原**　いやそれほど。

**三島**　ぼくはあのへんの革新官僚とかああいうところがとても嫌いなんだ。

**石原**　官僚というのはいつも自称〝革新的〟ですよ。

**三島**　あれはねえ、戦後に「新かな遣い」をやった官僚と同じ官僚ですよ。

やっぱり官僚というのは、本質的には一番無キズですよ。どんな革新をやったって無キズだなあ。軍部は、まあ統制派といってもキズを負ったけれども、官僚というのはいつも無キズですね。あれにはちょっと耐えられないね。政治家も無キズですむ場合もあるし。

**石原**　今、美濃部知事に仕えている都の教育関係官吏だってそうじゃあないですか。朝鮮大学校の問題にしたって努力の仕方が前とは全く逆。彼らにはいつもエックスキューズがあるでしょう。システムに対する奉仕ということが。

**三島**　それでいて何か変えたい。

**石原**　日本の知識人と非常に似ていると思うな。

**三島**　そう。何か物を設持するというんじゃあなくて、いじくりたいという意識が彼らの本能に近いね。日本語があれば、それをいじりたくなるし、何かあるといじりたくなる。彼らはそれを革新というわけだよ。

**石原**　いつにあってもね。

**三島**　ぼくは、本当に君が文士というものをバカにして、文士の生活というもの、つき合いというものを、もっともっと罵倒してくれることを望むよ。あんなに君が文士の生活を憎んだんだったら、文士にいっさい斟酌(しんしゃく)する必要はないよ。君はすでにね、第三者を自分にとって役に立つ連中か、立たない連中かと考えるようになりかけている。

**石原**　だって政治家ですもの。（笑）

**三島**　だけど文士はそういうことに猛烈に敏感だよ。だめだ、文士をやめなければ。君は文壇で一番耐えられないと思ったことは何だい。本当にいやなこと。

**石原**　そう考えてみると、そんなに耐えられなかったほどいやなことなかったなあ。ぼくは文壇に入った時から、文壇の外に立ってたんだから。

**三島**　卑怯だと思わない。

**石原**　それは卑怯だと思います。しかし世の中にはもっと卑怯なやつは沢山いるからなあ。例えば、サッカーをやっててもねえ、他のゲームでもそうだろうけど、自分が球を持ち切れずにいるとき、ぼくのために走ってるみたいなかっこうで走っているやつがいる。だが実際にそいつにボールを渡そうと思っても、絶対にパスが届かない所にいる。そういう選手がいますよ。それで、ぼくが持ち切れずにチャンスをつぶした時など、必ずそいつがエックスキューズするんだ。何で俺に出さなかったとか。見えてるんだけどね。そういう仲間っているからなあ。文壇での友人なんて、たいていそんなもんだけど。三島さんもチーム・プレイのスポーツをやる必要がありますよ。空手でも剣道でも、みんな三島さんをほめてくれるでしょう。陰で何て言ってるかわからないけど。

三島　ぼくは格技しかやらない。団体競技は嫌いだ。

### 存在感覚の瀉血療法

石原　三島さんは104に乗って、急上昇や急降下をやったんでしょう。

三島　まあ、鉄棒の逆上がりみたいなもんだね。

石原　ぼくはいつだったかアメリカに行ったときに、DC8の急降下を体験したんですよ。

それは、104の急降下に比べたら、ささやかなもんでしょうが、ジェット機というあんな大きな飛行機の急降下というのは、グラビティーというのか、物理的、生理的な反応かもしれないが、地球というものを意識しますね。

三島　意識します。

石原　ぼくは結局、この地球の磁力に支えられて存在してるんだという感じが非常にする。

**三島**　それは、もう本当に。旅客機じゃあ解らないね。上に風防ガラスがあるだけだろう。それで、四万五千フィート即ち、一万五千メートル位、上昇するともう、完全に飛行機が動かないものね。

**石原**　そうですね。

**三島**　左右や前後を見まわしても、全然、動いてないでしょう。それで音速を超えましたといっても、全然動かない。それから、操縦かんを握らせてくれたけれども、もう馬鹿な質問をして、「これ動いているんですか」と言ったら、笑ってたよ。手で握っていたところで、全然、もう不動のものですね。回わってるのは地球の方だしな。

**石原**　しかし、地上で味わうことのない、存在感覚というものがあるね。

**三島**　ありますよ。存在感覚が、稀薄になるから、取り戻そうとするんでしょう。だから、酸素と同じです。それはエロティシズムもそうだが、人間というのは、存在感覚が濃すぎると、ノイローゼになるんじゃあないかな。だから、時々、稀薄にしなけりゃあならない。

『万延元年のフットボール』の初めのプロローグの部分なんて存在感覚の濃すぎちゃった人間の独白なんだけれどね。非常にやりにくい所で、その点では彼は、よく書いてると思う。それは、存在感覚が濃すぎてしょうがないところから、書き始めたのだね。ぼくは、まあ、ああいう自分の存在感覚が、あんなに濃くなることは避けるね。やりきれないことだ。

石原　ぼくが言う存在感覚はあんなんじゃあない。

三島　それは、粘液だよ。

石原　そうかな？　そうじゃないと思うなあ。気化した脳味噌。粘液というのは、肉体でしょう。あんな肉体的な存在感覚というのがありますか。

三島　それはないけれど、筋肉がなくても、粘液はあるからな。

　まあ、昔からぼくは、存在感覚から逃げてきたといってもいいですね。何か自分の存在感覚が濃くなると、逃げ出したくてたまらなくなるんです。文学は、それをそのまま表現すればいいのかもしれないが、そういう文学は嫌いなんだ。何かの方法で、急いで薄めなけりゃならないんだ。瀉血（しゃけつ）療法みたいなことをするんだ。文学では、瀉血療法ができないんだ。どうしても血がたまっちゃって重くなる。

石原　ぼくなんか、自分の肉体が、自分を裏切るようになってから、肉体的な存在感覚が、濃くなってきた。

三島　そうだろうね。

石原　三島さんなんか、この頃は肉体を鍛えているから、むしろ、肉体がひ弱だった昔は、やっぱり、自分の肉体というものに対する意識から避けて通ろうとしたでしょう。

**三島**　それは非常に強かったね。

**石原**　ぼくは三島さんが、以前から土方のような、いや、レスラーのような体をもってたら、もちろん違ってたと思うね。

**三島**　今は、ドカ筋があるんだもん。（笑）

## 夢への献身的態度

**三島**　戦前の共産主義というものは、いかに観念的でロマンチックだったかということを、林房雄さんなどから感じさせられるね。今は完全に立場は反対になったけれども、別の形でそれを実現していると思う。林さんを見ていると、彼の持っているああいう夢は何だろうかと思うね。われわれの持ってない夢、やっぱり共産主義体験だよ。あの時代には、まだ殉教者もいたし、夢もあった。そういうロマンチックな面が十分あった。

ぼくはこの前、島木健作を読みかえしてみて「癩」や「第一義の道」を読んで非常に感動したんだ。あの時代のプロレタリア文学というのは、今読むと全然プロレタリア文学じゃあないね。もう政治文学ですらないね。ああいう決して実現しない夢に対する献身的な態度、それから生ずるロマンチックな、いつも自分を極限の所に置かないと満足しない態度、ああいうのは、ぼくに言わせれば共産主義じゃあないね。しかしそういう時代もあったんだからね。

**石原**　林房雄などの今の自信とか、情熱というのは、共産主義社会がともかく存続して今みたいになって来たでしょう。それを眺めて「それ見ろ話が違うじゃあないか」と言ってられる。あれが途中でプッツリとだえて、現実が全く逆の社会体制になっていれば、彼らは、やっぱり今でもかつてのイデオロギーをもっと信奉し、アクティブに行動してると思う。

**三島**　かも知れないね。それで、ただざまあ見ろという立場に立てたということは幸せだ。しかし反対の立場からいえば、未だに進歩的である人達は、幻滅の中にしか生きようがないだろう。幻滅を糊塗して、どうしようもないだろう。

ぼくは左翼の人達で一番正直だと思って信頼しているのは竹内好なんだよ。竹内好は安保の時に国立大学の教授をやめた、ただ一人の人だ。周の粟を喰まずという考えでしょう。最近も読書新聞でしたか、何んか長いインタビューが出てたんですが、彼は「日本人はもはや絶望だ」「もう一度戦争をやって負けなきゃあだめだ」と言うんだ。それに「日本には天皇制というのは不滅だ」と言う。今にエレクトロニクスに包まれた天皇制というものが存在するだろう。どうにも打破しがたい、そういう絶望感は、彼の立場からすれば実に当然だよ。そういうことを皆言わないだろう。皆ウソばっかりついて、自分で絶望感をかくしているからね。それだから、ぼくは竹内好が好きなんだ。本当のことを言ってると思う。

## 天皇制の自己認識

**三島**　君は天皇制というのに興味ないんだろう。

**石原**　ぼくはないなあ。

**三島**　今に痛い目に合うよ。（笑）

**石原**　しかし一つの念願する国家的、社会的状況を作るカタリストとしては、有効性があると思いますがね。その前にもう少し天皇制というものを手作りし直さなければいけないね。

**三島**　手作りとは、何の？

石原　いろいろとありますよ。

三島　それは宮内官僚を変えるということの？

石原　それに、やっぱり天皇としての自覚を持って頂きたい。

三島　それはぼくも賛成だよ。だけどそれは、全然有効性という問題じゃないよ。ほとんど無効性の極致だ。天皇制というのは、昔から。

石原　いや、そうではないと思うな。やっぱり維新を見てみても、天皇は非常に有効に使われているじゃあないですか。意識・無意識に明治の天皇はあの役割を見事に果たしてますよ。明治天皇はごくスタンダードな君主だったと思います。しかし結果として名君になりえたというのは、側の人間が手作りしたところもあるでしょうし、自分が意識的に受け入れたところもあるでしょう。

この間、三島さんがおっしゃった、日本の今上天皇は、立憲君主というものを、ある意味でまともに信じられたということ。ぼくは本当にそう思いますね。そうでない賢さというものを次の天皇に持ってもらいたい。

それから、ある時、あるナイトクラブで誰かが、大江に突然「天皇制は風土だ」とか言ったら、大江が怒って、夜中まで議論してました。たしかに日本の天皇というのは、クリマーですね。

**三島**　だから本当は、有効だの、無効だのというような問題じゃあないんだ。たまま有効性を発揮する場合もあるけれども、存在そのものとしては有効でも無効でもないね。

**石原**　しかしね、それは一つのバック・グランドでしょう。だから熱帯の所に麦を植えても育たない。やっぱり気候にあったものを植えなくちゃいけない。

そういう点で、天皇という存在のバック・グランドを意識して、それに合ったものを植えて行くということは、やっぱり天皇そのもののユティリティじゃあないですか。

**三島**　まあそうだけれども。つまり日本をね、日本以外の国から、何が日本かということを弁別する最終的なメルクマールとして、天皇しかないんだよ。はっきりしていることだ。ぼくはね、それ以外にはあまり日本的なものというものを信じないね。そういう意味では天皇しかないんだ。

というのは、この間インドに行ってみて、つくづく思ったことだけれども、インドのヒンズー教というのは、インターナショナルな宗教じゃあないですね。それからキリスト教に対するユダヤ教というのも、インターナショナルな宗教じゃあないね。

日本の天皇制もそうでしょうね。日本の国から外へ、天皇を信じさせようとするのは、ぼくは無理だと思うし、大東亜共栄圏なんていう考えは持たないね。日本を外国から弁別するメルクマール、日本人を他国人から弁別するメルクマールというのは天皇しかない。他にいくらさがしてもないんだ。いろいろ考えてみたんだが。

石原　それはよく解る。ただね、天皇的存在というのは、おっしゃるように、非常に日本的なものだ。しかし、天皇的存在と、現実の天皇は重ならない。これが一番具合いが悪い。

三島　だから結局は、イメージということの意味を、天皇自身が認識されることしかないね。つまり、自分はイメージなんだ、ということを本当に認識されるほかない。それは「天皇制の自己認識」という問題になると思うんだけど。

## 祭祀の核としての意味

石原　ただぼくは、安保の問題でも何の問題でもいいけれど、すべての日本の事件をもっと徹底して、日本人が好きなフェスタにすればいいんですよ。そしてその祭主というものがある。戦国時代の各武将がともかくも京都に行ってみようとした。そういう国家的・社会的・民族的な事件を、西洋近代論理で意義づけたりすればするほど、フェスタというものの性格がどんどんはがれて、離れていくし、その中の天皇的存在なるもの——それが天皇であってももちろんいいんだけれども——祭祀の核としての意味というものがなくなっちゃうですね。

**三島**　日本は、本当に祭りというものを忘れてはだめだね。日本人というのは祭りが好きだし。

**石原**　こんなにバラエティーにとんだ祭りのある国はないでしょう。

**三島**　しょっ中日本のどっかでお祭りをしてますね。

**石原**　日本の風土神というのは、全部、春の祭りの神、秋の祭りの神、海の祭りの神、山の祭りの神。全部神ですからね。

## 日本文化の特殊性

**三島**　ぼくは、日本文化の特殊性というものをずい分長く考えて来た。ほとんどそれは、非常に特殊なもんであるけれども、結局普遍的なものになりうることが、文化というものの一つの宿命みたいなものだよ。それは文化の長所であるとはいえないが、普遍的になりうることが文化の宿命なんだ。しかし一方、文化の中核には絶対に普遍化されぬあるものがあるはずだ。その中で絶対に普遍化されないものというのは、天皇みたいなものしかないんだ。

お能なんか解りにくいというけれども、ぼくはお能の中にあるロジックは、西洋人には絶対解るものだと信じている。そういう点で、外国人の日本文化研究家というのを一概にバカにしない。あの中の構成のロジックを発見するわけだ。共通のロジックを発見するわけだ。例えば道成寺というお能を見ても、あの中の構成のサスペンスの盛り上げ方、構成原理というのは、どこの国の芝居と比べても最高にうまいわけですね。

**石原**　天皇というのは、アブソルートネスとエタニティーというものに対する人間の願望の象徴でしょう。

**三島**　いや、ぼくは、アブソルートなもんじゃあないと思うね。全然、具体的なものですよ。

**石原**　それが、具体的にあるというわけでしょう。つまり天皇を日本人の思考や願望が具体的な存在にしたわけですよ。だから、戦国時代なんかでも、信長が「いいことを聞いた。将軍じゃなくて、もっと偉い奴がいるんだ」と、そういうものに対するある敬意を自然に持ちますよ。

これは裏返してみると、権力に対する日本人の無常感といいますか、一種の〝もののあわれ〟というものの願望じゃあないですか。

**三島**　そうですね。まあ、日本人というのは、権力というものの構造を抽象的なものと考えないね。どうも、権力構造は抽象的じゃあなくて、自分の権力意志を具体的なものにぶつけて、はね返ってきた手ごたえが自分の権力だという感じを持つんです。野球の球を壁にぶつけて、はね返ってきてはじめて、わが手に握ったんだと思うでしょう。それと同じで、天皇というのは、そういう生きた壁なんですよ。あれに一度ぶつけないと、権力というものは、絶対になりたたない。日本人というのは、なにか、ああいうクッションというか、そういうものにぶつけてみないと、全くわからない。そのクッションというものが抽象的なものであってはいけないんですよ。どうしても。

**石原**　だから、日本人というのは、権力というものを、抽象的にはつかめない。だから代議士は悪いことをするし……。

**三島**　そういうわけだよ。それで政治家はね、自分のパーソナルな魅力を十分に売るわけだよ。そして、パーソナルなもので、票を確保しようとする。だけどその場合に、本当の権力を得るには、一度天皇へ自分のものをぶつけて、かえってこなければ。だから日本人は、左翼だろうと右翼だろうと、そういう精神構造を持ってると思う。

# 文学に飽くということ

三島　石原さん、文学になぜあきたとはっきり言わないの。あきないの？

石原　ぼくはあきないなあ。今度この仕事をしていて、ものを書くというのがよく解りましたよ。ずいぶんオク手だけど。

今日も小林さんに話したんだけれども、文学というのは旅みたいなもんでね、やっぱり、一番行きたいところにだけ行かないと。全部は歩けない。人間というのは、いろんな、よけいな所へそれて行ってると思う。本当にそういう点でぼくは、これから書くものを、物理的にも精神的にもしぼるでしょうね。

三島　君は、文学にあきたと言うと、もっとさっそうとするんだがなあ。アルチュウル・ランボオが砂漠の商人になっちゃったようにね。文学に後足で砂をかきけたててくれると、もっとさっそうとするのだがねえ。

石原　あんなうまいことを言って。こういうのを教唆煽動というんだよ（笑）。この頃は、それくらいではだまされなくなった。

三島　多少テクニックを憶えたな。でも、ぼくは、文学を手からとても離せないから、

石原　なんだかわけの解らないことだなあ。あきるということは捨てることですよ。あきたとはっきり言えるんだよ。離したらあきたと言えないんじゃあないか。

三島　自分の女房にあきたからといって、捨てないだろう。

石原　だけど、見てごらんなさいよ。武智鉄二の雄々しさを。(笑)

三島　だから、君は、武智鉄二になれないということだよ。人間だれでも、女房にあきたって捨てないだろう。

石原　情婦は捨てるからな。

三島　しかし、文学というのは情婦じゃあないんだな。もっと何か、不思議なものなんだよ。

石原　しかし、妻を情婦のごとく扱えるのも男だなあ。

三島　どうだろうかねえ。だけど武智なんか、本当の男かどうか知らないよ。

石原　しかし、少なくともあのセリフは男性的ですよ。

## 「見える」という宿命

三島　文学というのは暇がなくちゃあできないというのは本当ですよ。暇がなけりゃあ絶対できない。ぼくは、五分間あったら、文学ができるというのは絶対信じないね。君が講演旅行の間かなんかに、十分間時間があって、ふっと汽車の窓から外を見た。非常にきれいな海があって、海の向こうに、非常にきれいな雲があった。しかしそれを表現するには、十時間かかるんだよ。文学というのは、実に効率が悪いもんだよ。文学というのは、そういう時間のかかることを、全然あきらめちゃえば、また別だ。例えばもし、その時見た雲が美しいと思ってそれだけが自分の文学だと思えば、それは別だ。だけど表現ということには時間がかかるねえ。これは、本当にやっかいな問題だよね。ぼくはね、いつも、文学と行動ということを考えるんだよ。例えば、文学ができないことが確かにある。ぼくは、文学で全てができるとは、とても思わない。君がやってきたことを、ぼくが賛成するのは、君が、文学でできないことをやろうとするから大賛成なのだ。だけど、こんどは、五分間の文学というものがあるかと言えば、ぼくは絶対にそれを信じないよ。

**石原**　それはそうですよ。表現ということが、表現というものしか意味していないから、非常に具合が悪い。表現するということはね、この頃だんだん感じるようになったんだけれども、自分に対する問いみたいなものでしょう。

**三島**　そうだよ。

石原　それは機能的なもの、機械的なものではないんですよね。

三島　全身的な行為でしょう。全身的な行為というのは、全身的な行為を人間やっていたって、例えば、おみこしをかついでいたぼくがね、おみこしのかつぎ手が何を見ているのか不思議でしょうがなかったですよ。おみこしというのは、プリミティブな行動の一つの形だからね。おみこしをかついでいる目に見えるのは空ばかりで、他のものは、上向いちゃうから、何も見えないですよね。そのかわり、空がものすごい形で動いているんだよ。おみこしをかついでいる時の空、ああいう時に見ているものは、確かに、芸術の母胎ではあるんですね。行動の中にある何か、君が追究しようとしたことは、そういうことにあると想像するんだ。ぼくも、君が小説に書こうとしたこと、何で小説書いたか、ということの理解者のつもりでいますよ。

それに、君が言葉を賭けたでしょう。その次は、つまり行動というものに何物かを賭けるでしょう。だけど、君には見えちゃうんだな。その空が。君には絶対見えちゃうんだ。ぼくは君に文学を捨てろとタックティクで言うかもしれないけれども、君はどんな俗悪な行動をしていても、空が見えちゃうと思うし、雲が見えちゃうと思うんです。その時にどうするかということを、やっぱり、考えておかなくちゃあ……。ちょっと深刻な問題だよ。それは、平林たい子のいうように、政治は全部の時間を使ってしまうから、文学を捨てなければならないとかという問題じゃあないんですよ。見えちゃうんだ。

ぼくは大蔵省にいた頃に、観音崎に皆で団体旅行に行ったんですよ。船に乗ったんだ。そしてぼくが船端にいて、沖を見ていたんだよ。実に海がきれいだった。雲がきれいだった。しかしそれからぼくが変わり者だという評判がたちまちたっちゃったんです。景色なんか見ちゃいけないんだよ、本当に。景色を見るやつは、もうすでにアウトサイダーなんだ。そういう社会があるんだよ。世の中には、見えないやつがいっぱいいるんだ。九〇パーセント以上は景色なんか、見えないだろうな。そう言って失礼かもしれないが、そうだろうな。

見えちゃうとどうしたらよいかという問題があるね。

ぼくは見えるという宿命だからこれは肯定せざるを得ないだろう。どんなことをやっても、見えてしまうというのは芸術の問題だよ。

## 書かれたものへの軽蔑

石原　見えたものをどうするのかという問題で、ぼくはひきさかれるのかもしらないけれども、見えたものは、やっぱり書こうと思うでしょう。

**三島**　思うだろうね。しかし書くには十時間どうしてもかかるんだよ。しかし十時間がどうしてもとれないんだ。それはアンドレ・マルローが政治家になってから、美術評論だけしか書かないですよね。あれは、よく解るんですよ。つまり、美術評論というのは、自分の外側に図らずも見てしまうものではないでしょう。絵というのはわざわざ見なきゃならないでしょう。

見なければならないものにマルローは自分を限定しようと思ったんでしょう。そうすると、マルローは政治活動をやっていながら、おもわず見てしまうものは、捨てようと思ったんでしょうね。そして自分がある時、書斎に帰って、時間があった時に見ようと意志するものだけを表現してみようというのが、彼の美術評論なんですよ。

**石原**　しかし、あれはわりに易しい仕事じゃあないですか。

**三島**　そんなことはないよ。ヴォア・ド・シロンス（沈黙の声）なんか立派な仕事だ。

**石原**　しかし、あれは彼が見ようとして見たものの中の、思わず見てしまったものだけを把えようとしてますよ。

**三島**　それはそうですよ。

**石原**　だけどね、あれはやっぱり、文部大臣として、政府の官用の飛行機で、ちょっと行って、イランの仏像を見て、ついでに飛んで日本で何かを見て、日本の飛鳥仏とイランの仏像は似ていたとかいうような、つまり、フラグメントの叙述だけじゃないですか。

**三島** でも、あそこには、彼の言語表現に対する非常に厳密なものがあるよ。さっきの問題に戻るんだけれども、そこで、君が自信をもっていいことは、君がそういう時に窓から見た海、窓から見た空というのは、とにかく皆に見えやしないんだ。しかし普通の文士というのは、そういうものを見て書かなくちゃならないというイデ・フィックス（固定観念）になってるから、却って見えないんだよ。君は図らずも見るんだよ。その時に、書かれた文学というのに軽蔑があるのは当然のことだと思う。それは見るということの価値が高いということだよ。

**石原** 書かれた文学に対する軽蔑といっても、今言われたように、ぼくは今までものを書くだけしかなかったことがありました。だからいつもエックスキューズじゃあないけど、十時間で書かなくてはいけないとこを八時間で書いたりした作品にね。（笑）

**三島** 君だってヘミングウェイだってあんなに時間をかけて——ヘミングウェイの推敲というのはそれは大変なものだよ。

**石原** ホッチナーの『パパ・ヘミングウェイ』の中で、生まれて初めて二十何歳で酒を飲むという女のために、ヘミングウェイが競馬の予想をほうり出して、一生懸命何を飲んだらいいか考えてやるというのはいい話だな。その女が、結局数年経ったら、アル中になってベロンベロンになっちゃった。あれは見事な小説ストーリーだな。

**三島**　いいねあの話は。

**石原**　ヘミングウェイというのは、小説家としてはだんだん駄目になっちゃったけど、ぼくはあれを読んで、人間的には改めて好きになったなあ。

**三島**　実にいいやつだ。

**石原**　あいつが本当に幸福で、得意でたまらなかったのは、スペインの何とかいう町に年老いて行ったら、イギリス人のツーリストが二人でがやがやする中で酒を飲んでてね、連れが連れに、「おいジョージ、昔何十年前ここで、ヘミングウェイが酒を飲んだと思うとぞくぞくするなあ」と。するとヘミングウェイがそれを聞いて、たまらず立って行って背中をどやしつけてね、「おい、お前ら今何飲んでんだ」と言ったんだ。あんな幸せな小説家ないなあ。

しかし、生きてるうちに伝説を作ってしまうと、結局ああなるんですねえ。あなたもそろそろ考えた方がいいんじゃあないですか。（笑）

## 「勘」と「行為」の関係

三島　しかしねえ、見るってことが職業になるってことは、非常に恐ろしいことだなあ。芸術本来の一番ナイーブな感情から言ったら、見るってことは……。

大岡昇平の書いた一番いい文章に「歩哨の眼について」というのがあるんだ。ゲーテの詩なんかを引用しているんだけども、「自分は見るために生まれてきたのではないのに、どうして見なければならないのか」というのがある。歩哨はそれが職業だからね。闇の中から何が出てくるかわからない。

ぼくは君の「待伏せ」（『季刊藝術』）を読んだとき、非常に感動したんだけど、君は闇の中で見ているということだね。あれは非常にいい小説ですよ。そりゃあねえ、君は見えてきたんだけども、やっぱり見てるってことですよ。

ぼくは見てる間行動しないんだけど、やっぱり見るということが職業となるということが、文士にとって一番恐ろしい。そこから、脱却したいってことをしょっちゅう考えてね。だから見ない世界へいつも飛びたいと思うんですよ。だって君、サッカーをしている時、球を見てるでしょう。それは行動のために見てるんで、球というものは君が行動する体とくっついてるもんでしょう。

**石原**　そうでしょうね。しかし見てるんじゃあないな。

**三島**　見てるというんじゃあないね。剣道の場合、見たらもうおしまいだよ。例えば、胴があいて胴を打とうと思ったらもう遅い。

**石原**　相手の剣が見えたらだめでしょう。相手の剣が自分の物とならないと。

**三島**　だから剣道では、剣せんを見るな剣せんを見るな、としきりに言いますよ。相手の剣せんを見てたら負けちゃうんです。相手が全体としてこっちの中へ入ってなきゃあいけないんですね。それがいわゆる「勘」だ。見たら行為というものは必ずストップしてしまう。そういう点で、行動と見るということはとっても関係がある。少くとも行動するときは、見たときではすでに遅い。文学はそういう点で、いつも実に遅くやってくる。

**石原**　しかし物を書くためには、待ちきれずに、動いてしまわずに、じっとしてなお見なければいけないんだな。

**三島**　そんなことない。見なくてはいけない義務は人間にはありゃしないよ。ぼくの文学は、そういう義務を絶対に信じないんだよ。人間は見なければならないために机にすわってなきゃあならないということは絶対に信じないね。そうなったら君、大江健三郎だろう。

石原　それはそうですね。あれは、動かぬうちに、ダルマじゃあないけど足がくさってしまってる。しかし、見るということなしに、そう簡単に飛び出すわけにはいかないでしょう。

三島　飛び出すわけにはいかないということは、見るということが自分にふりかかってくるだろう。それから、自分が見ちゃいけないと思っても見ちゃう場合もありますしね。でも、そういう点では文学なんて捨てられるものじゃあ絶対にないですよ。君の中で、相対的に文学がいろんな形で君を毒するよ。

石原　だけどそれはぼくの方法じゃあないもの。

三島　方法じゃあなく、存在だろう。だから君を毒するよ。君は政治家として甘い考えを持っているか、辛い考えを持っているか、そんなこと全然関係ないよ。絶対に毒するよ。今から予言しておいてもいい。

石原　毒するってどういうこと？

三島　政治家としての君を毒する。

## 左翼革命の成功には

**三島**　さっきの天皇の問題だが、テレビで天皇が伝達できるかということだ。ぼくはできないという考えだよ。

**石原**　今日小林さんと勾玉と鍔の話をしててね、見えるものはやっぱりだめだと言ってましたね。

**三島**　つまりビジビリティーというものは一番安易なものでしょう。

**石原**　男はやっぱり見えるもののためには死ねないでしょう。

**三島**　逆に言えば、見えないものだからこそ、つまり宗教の殉教というものがあり得る。

**石原**　君の「幻影の城」に出てくる天皇陛下の声はよかったね。ぼくはあの声のためなら死ねると思ったね。後醍醐天皇の声、よかったねえ。ああいうのが本当に玉音と言うんだと思うんだ。

**三島**　そうですね。

**石原**　本当にいい声だったね。ぼくの考えるイメージとしての天皇は、あの声に実はつきるね。

**石原**　それでね、日本の社会科学者なり、社会的発言をする人にせよ、もう一度天皇について、つきつめて話し合う必要がある。全部避けて通ってる。

**三島**　ぼくはそうは思わないんだ。左翼が天皇をかついだら、初めて左翼は成功すると思うね。とにかく、心理的にも論理的にも感情的にも、天皇というものを、本当に日本という状況の中で否定できれば、その左翼は、日本の国をとらえ得ると思いますね。

**石原**　だけどかつげないでしょう。

**三島**　本当はかつげないことはないんだがなあ。

**石原**　それは一番こわいですよ。

**三島**　かつげないことはないんだよ。

**石原**　しかし、あれだけうまく戦後の左翼は、ナショナリズムをかついだでしょう。

**三島**　もう一息なんだがね。左翼が勝とうと思えば……。ぼくはこの前タイやカンボジアに行って、しきりにそれを感じたんです。タイの今の皇室に対する愛情は悪的に近い。しかしタイ人に対して、タイの皇室の悪口をいうと、血相を変えておこりますよ。ものすごいアフェクションですよ。ですから、共産党の愛国戦線も必ず国王讃歌をうたって会を閉じるんですね。そうしなければ絶対に国民の情緒を統合できないわけなんだ。

**石原**　タイの軍閥というものは、明治維新の「玉」じゃあないですけど、タイの皇室をうまく使ってるからでしょう。

**三島**　イギリスのまねを非常にやってね。映画の後でもストリップの後でも、必ず王様の写真を映して国歌を奏して、みな起立するだろう。ああいうことは、イギリスのそっくりをやってる。だが、そればかりじゃないと思うんだ。

**石原**　ぼくはやっぱり軍閥というものがうまく使ってると思うなあ。ぼくはタイの皇室の民間におけるそういうことも、最近行ったことないから知りませんよ。もし、そうだとしたら……。だってあの国の軍隊といったら目にあまるじゃあないですか。

**三島**　あの国の軍隊は、まず金を軍服に使っちゃうんだ。だからみんな派手なかっこうをして。それからまあとにかく大変な軍隊なんだ。でもラオスなんかもっと大変だ。アメリカからの援助物資や武器を共産軍に売って、そのみかえりにアヘンをもらって、アヘンを華僑に売って、お金をふところに入れるだろう。あのへんの将校なんか、大変な金持になっている。

「対話」か「断絶・孤絶」か

石原　三島さん、これからの日本の天皇だけど天皇はもう少し国民と話をすべきじゃあないですか。明治の最初の頃は、領袖という人間に限らず、そうではないいくばくかの日本人と天皇は会話をしてましたねえ。
三島　西郷隆盛なんかが考えていた君臣水魚の交とは、本来そういうことなんだね。
石原　そういう対話というものを、これからの皇室のために復活する必要があるんじゃあないですか。
三島　ぼくは全然そう思わないね。
つまり日本が、小さいコンミュニティーであり、人口も少ない、そういう中では多少はそういう可能性はあったかも知れない。だけど今、一億の国民に伝達するのは、いろんなマスコミュニケーションでもって伝達しているでしょう。
天皇というものは伝達から断絶しなけりゃあならないですよ。ぼくは伝達に天皇が阿諛（あゆ）するというか、伝達というものに天皇が負けたならば、天皇制はなくなるとも思っている。

**石原**　そうかなあ。

**三島**　どうしても伝達できないところを一つ作っておかなきゃあならないね。今日本人は、つまりどんなことも伝達できるという妄想をもってるよ。例えばテレビに君が出ると、町を歩いていると「やあやあ石原さん」と知らない人が話しかける。それは伝達という機能の迷信があるからだろう。伝達によって、自分が見たというだけで、もうお互いにコミュニケーションを持ったような錯覚や伝達という機能の迷信がある。

陛下というものは、絶対にそういう伝達の仕方から断絶しなきゃあならないと思う。

**石原**　今は非常に中途半端なものでしょう。グラビアのスターでね。

**三島**　そうなんですよ。週刊誌天皇制でね。

**石原**　そして、グラビアは物を言わないでしょう。ぼくはやはり、限られた（エリートということではなしに、また内閣の領袖とか総理大臣とかいうのじゃあなく）ある一般的に、しかもその人間が表象性をもってる数人の日本人と対話を持つべきだと思うんです。その対話自体が非常にサンボリックなものになりうると思うんです。そうすれば、皇室というものは革新的・感情的な位置というものを日本人の中にしめてくると思う。

**三島**　オランダの皇室とか、スウェーデンの皇室とかはそうだよね。

日本で戦後、天皇が帽子をふりふり日本中を歩かれた時もそうかも知れないね。あれは絶対になかったコミュニケーションを復活したわけだろう。ぼくは今の宮内官僚のやり方については、実に中途半端でいけないと思う。断絶するか、断絶しないか、ということでね。

**石原**　そうですね。

**三島**　そして自分たちが、つまり現代というものの伝達の仕方から、天皇制というものを、純粋無垢に置こうという意識が全然ないだろう。威厳を保つには断絶しかないという時代にわれわれは生きてるんだ。ド・ゴールをごらんなさいよ。われわれはもう、威厳を保持するなんてことはできない時代に生きてるんだ。それは、政治家は演説するだろう。全国遊説をするだろう。だけどそれによって威厳なんてちっとも増しやしないよ。君が友達と思われるだけだ。ボーイ・ネックスト・ドアーになるだけだよ。それでね、ディグニティーを求めるには、断絶、孤絶しかないんだよ。絶対に。

**石原**　しかし、そういう天皇といったら、やっぱり積極的なカタリストにはならないですねえ。明治維新で果たした役割というものは、理想的なものだと思うんですよ。それは、孝明天皇の時から、ずうっと天皇がおりてきて、京都から江戸まで出てきたってことでしょう。

三島　国民統合の象徴でしょう。

石原　そういうステップ・インというのを天皇が考えられるべきだと思う。

## 反近代化と自己疎外

三島　でもねえ、つまらん反論をすればだね、今それじゃあ、こうコミュニケーションが発達して、国民統合ができるかということだね。

石原　ぼくに言わせれば、現代のマス・メディアを使ってのコミュニケーションはコミュニケーションではないですよ。

三島　そういう意味のバカなコミュニケーションが発達すればするほど、国民は分裂し孤立してくるでしょう。伝達することによって、何らそれを統合することはできないでしょう。そうしたら、統合するためには、伝達しない、元の方法にもどるよりほかないじゃあないですか。

明治時代にはそれが逆だと思うんだ。コンミュニティーするものの主体に天皇を置いてバラバラになった日本が、国民的統合をやって、近代国家を成立させた。一応近代国家が成立し、工業化が進展して、社会がこういう、左翼の言葉を使えば自己疎外というようなことがおこってそして巨大な力で動かされているんだけれども、各人がバラバラになって、伝達機能が容易になればなるほどバラバラがひどくなる。それを統合するには空白のものしかない。絶対に断絶しかない。

**石原**　しかし小泉信三が生きていた時は、小泉という存在を通して、今と違う何か——これは三島さんには許しがたいことかも知れませんが——あるインティマシーというものがあった。これはまあ肉感的だったですね。今の、つまりグラビアを通してのインティマシーと全然違うものでしょう。

ぼくはやはり社会というものの進歩の次元から言って、三島さんがおっしゃるように、そういう孤絶した、断絶した天皇というものは、結局それだけの意味しかないような気がしますよ。

**三島**　君は政治家だからそれを直したらいいじゃあないか。（笑）

**決定的瞬間では……**

**石原**　しかし、どの程度のインティマシーをもった者が、さっきぼくが言った祭主になりうるかということですね。やはり祭主というものは、お祭りの時、奥の殿から目を見張るような白い衣装を着て出てこなくちゃならない。しかしなお期待され、すでに知られていないとね。

**三島**　そうなんだよ。祭主ということなんだよ。結局断絶ということは、時代全体が空間的伝達によって動いている中で、時間的伝達をする人は一人しかない、それが天皇だという考え。そのために時間的伝達と空間的伝達とはクロスしない。はなれているんだ。そこで一人必ず時間的伝達をやってる人がいる。祭主なんです。祭主が神前で日本の伝統と連続性とに向い合ってるということだよ。

だから天皇も国民とは接触しない方がいい。ただ皇太子がそれだけの孤立感にたえうる覚悟があるかという問題だね。

**石原**　それは完璧の断絶ということじゃあなしに、有事における時間的な、決定的な接触があるってことを前提にしてるんでしょう。

**三島**　有事においては、つまり時間的な連続性がものを言うようなあるモーメントがあるわけで、その時には、だあーっと出てくるんだ。

（昭和四十三年二月）

## 守るべきものの価値——われわれは何を選択するか

三島　石原さん、今日は「守るべきものの価値」に就いて話をするわけだけど、あなたは何を守ってる？

石原　戦後の日本の政治形態があいまいだから、守るに値するものが見失われてきているけど、ぼくはやはり自分で守るべきものは、あるいは社会が守らなければならないのは、自由だと思いますね。

　自由は、なにも民主主義によって保証されているものではないんで、ある場合には、全然違った政治形態によって保証されるものかもしれない。しかし、われわれはどんな形の下であろうと、自由というものを守ればいい。僕のいう自由というのは、戦後日本人が膾炙（かいしゃ）してしまった浮薄な自由と違って、もっと本質的なものです。

**三島**　でも自由にもいろんな自由があるからね。どの自由を守るか、たとえば三派全学連はやはり彼らも自由を求めていて、彼らが最終的にほんとの自由な政治形態、自由な社会をつくるんだと主張しているわけだよ。自由は人によってずいぶん違うから、そこが問題じゃないですかね。もし、あなたが自由と言えば、それはやはり米帝国主義か、日本独占資本主義か、自民党政権下の自由であるというふうにやつらは規定するだろう。その自由を、つまりやつらとどう違うんだということを説明しないと、自由というのはわからないんじゃないかな。

**石原**　僕の言う自由はもっと存在論的なもので、つまり全共闘なり、自民党なり、アメリカンデモクラシーが言っているもののもっと以前のもので、その人間の存在というもの、あるいはその人間があるということの意味を個性的に表現しうるということです。つまり僕が本当に僕として生きていく自由。

**三島**　言論の自由ということですか。言論、表現の自由。

**石原**　もちろん言論、表現の自由をも含めてです。根本は、自分自身の表現、そういう自由を許容し得る社会というのは、相対的にながめれば、やはりコミュニズムよりも、民主主義という政治形態のなかのほうがありうるとぼくは思います。それにすらも非常に制約があるということで、一部の学生たちは既成のエスタブリッシュメントを見てこわそうとしているわけでしょうけどね。彼らが非常に生理感覚が鋭敏で、この時代のうそ、ぬるま湯みたいな民主主義のうそを拒否していることは共鳴できる。ただ、日本の学生運動を評価できないのは、そのほとんどが容共というか、歴史的に、社会科学的に、自由への制約が根強い方向を自ら目指している。共産主義の方法論で自由を求めようとするところが、陳腐で、保守的というより、退嬰的だと思うんですよ。だから、ぼくは日本の学生運動というのを認めないんだ。

**三島** ただ自由の観念が、たとえばアメリカというのはベトナム戦争中におけるアメリカを評価すれば、あの長い戦争の経過で言論統制をしなかったこと。反戦運動は起こるわ、反体制的な新聞は出るわ、あらゆることをやってきて、戦争をやってきてまだやっているんだけれども、言論統制をやっていないことはえらいと思うんです。あれをやったらアメリカはもう意味がないですね。

チェコも結局、言論の自由の問題です。それでは言論の自由を守るのには代議制民主主義という政治形態が一番いい、と。するとわれわれは言論の自由を守るために闘うのであって、ソビエト、ないし中共、ないしその他の共産主義社会では自由は守られないから、これに対して闘うという論理だね。もう一つ新しい政治形態ができて、いまのような死んだ自由ではなくて、もっと積極的な自由を君らに与えるような政治体制ができれば、何もそんなにむきになって共産主義に対抗して、民主主義を守らなくてもいいじゃないか、というのは直接民主主義という考え方なんですね。

直接民主主義という考え方はぼくにもよくわかりませんけれども、個人個人の自由と、国家意志というものとは一致するということを考えているんでしょうね。ところが、そういう意味の調和というのはどこの国でもいままで成功したことはないんです。ぼくも言論の自由を守るために、たとえたいした政治形態ではなくても、言論の自由を保証する政治形態を守るということには全面的に賛成ですがね。しかしそれと、国民の血というか、文化伝統というか、そういうわれわれの根（ルート）と言論の自由がどういう関係があると思う？　自由自体が国民の根であると思うかね。先験的な自由というものがあって、それはわれわれの国民精神と完全に融合すると思いますか。

**石原**　ぼくは三島さんより伝統からは自由ですからね。伝統を絶対化したら、何も出来ない。進歩もない。

**三島**　自由だと思っているだけで、君は意識的に自由だと思っているだけで、決して自由じゃないです。日本語を使っているんだから。

**石原**　そりゃアそうですよ。たしかに存在というのは、先天的な根を持たなくちゃいけないという。ぼくの言うのは、存在にはいろんな場合がある、心情的な存在も、精神的な存在もあるでしょうけれども、特に心情、情念という形は、われわれが根から吸ったフルーツ、つまり伝統という風土を持たざるをえない。しかしそういったものからのがれようとすることだって自由の問題になってくるでしょう。しかしそういう根を持つということは不自由なのではない。つまり自由、不自由以前の問題なんで。

三島　そうすると、つまり根というものは先天的に与えられたものだ、自由は選択だという考えだね。

石原　そうです。

三島　ぼくはそこに昔から疑問を感じているんだ。つまりあなたが自由を選んだんだ。人間は自分が選んだバリューを最終的に守ることができるかということにぼくは疑問なんだ。

石原　選択というより、自由というのはさがすことだ。

三島　人間がさがして最後に到達するものは根だよ。そうだろ。

石原　いろんな意味での存在の根に対する回帰でしょうね。しかし、そのためさまざまな回路にも大きな意味がある。

三島　回帰だろう。回帰のなかには自由という問題をこえたものがあるはずだ。ぼくは簡単に言うと、こういうことだと思うんだ。つまりわれわれは何かによって規定されているでしょう。これは運命ですね。日本に生まれちゃった。あるいは石原さんのようにブルジョアの家庭に生まれちゃった。

**石原**　ぼく？　とんでもない。あなたと違って私はたたき上げですからね。（笑）

**三島**　自由を守るというのはあくまで二次的問題であって、これは人間の本質的問題ではない。自由を守る、ある政治体制を守るということは、人間にとって本質的問題でも何でもない。ぼくは、おまえ民主主義を守るために死ぬか、と言われたら、絶対に死ぬのはいやですよ。国会議事堂を守るために死ぬのもいやだし、自民党を守るために死ぬのもますますいやですね。われわれはある政治体制を守るために死ぬんじゃない。じゃ何を守るために死ぬのか。バリューというものを追い詰めていけば、そのために死ねるものというのが、守るべき最終的な価値になるわけだ。それはこの自由の選択のなかにないとぼくは思うんだね。自由の選択自体のなかにはない。もっと規定しているもののなかにそれがあるんだ。

**石原**　何のために死ねるかといえば、それは結局自分のためです。その自分の内に何をみるかということでしょ。三島さんがいう自由というのは、ぼくの言った自由と違うところにそれてしまっていると思うな。ことばのあやみたいだけれども、規定するものとは、不自由ということですか。

**三島**　ニーチェの「アモール・ファティ」じゃないけれども、自分の宿命を認めることが、人間にとって、それしか自由の道はないというのがぼくの考えだ。

**石原**　ギリシャの悲劇は宿命というものからのがれようとしている、それに対して闘おうとする、あれは何ですか。

**三島**　ヒュブリスというんだ、ごうまんというんだ。神が必ずそれを罰するのが悲劇なんだ。

**石原**　そうですよ。しかしそこにやはり高貴な自由があるでしょう。だから神はその英雄を罰し、その後に神にする。

**三島**　その自由のギリシャのヒュブリスの伝統がキリスト教になり、あるいは三派、全学連になっているんだ。結局、最後には、人間というものは人間をはみ出して、何かそれ以上のものになろうという、その意志のなかに何か不遜なものがあるんだ。それがずうっと尾を引いて直接民主主義までいってしまっているんだ。それは滅ぼさなくちゃいけない。

**石原**　それはおそろしい発言だと思うな。神ならそういえるけど。それに人間を超えようとすることこそが、人間的でしょ。ぼくはやはりそういう意味では三島さんより自由というものを広義で考える。だってそうじゃないですか。自分の宿命というものに反逆しようとすることだって、それは先天、後天の対立かもしれないけれども、しかし宿命というものを忌避しようとすることは、人間にとって自由です。そこに、神のでない人間の意志がある。

**三島**　しかし宿命を忌避する人間は、またその忌避すること自体が運命だろう。そういう人間はそういうふうに生まれついちゃったんだ、反逆者として。

**石原**　しかしそれはその人間の一つの存在の表現であって、ぼくはやはり人間の尊厳というのはそこにしかないと思うな。

**三島**　君はずいぶん西洋的だなあ（笑）。ぼくはそういう点では、つまり守るべき価値ということを考えるときには、全部消去法で考えてしまうんだ。つまりこれを守ることが本質的であるか、じゃここまで守るか、ここまで守るかと、自分で外堀から内堀へだんだん埋めていって考えるんだよ。そしてぼくは民主主義は最終的に放棄しよう、と。あ、よろしい、よろしい。言論の自由は最終的に放棄しよう。よろしい、よろしいと言ってしまいそうなんだ、おれは。最後に守るものは何だろうというと、三種の神器しかなくなっちゃうんだ。

**石原**　三種の神器って何ですか。

**三島**　宮中三殿だよ。

石原　またそんなことを言う。

三島　またそんなこと言うなんていうんじゃないんだよ。なぜかというと、君、いま日本はナショナリズムがどんどん侵食されていて、いまのままでいくとナショナリズムの九割ぐらいまで左翼に取られてしまうよ。

石原　そんなもの取られたっていいんです。三種の神器にいくまでに、三島由紀夫も消去されちゃうもの。

三島　ああ、消去されちゃう。おれもいなくていいの。おれなんて大した存在じゃない。

石原　そうですか、それは困ったことだなあ（笑）。ヤケにならなくていいですよ、困ったな。

三島　ヤケじゃないんだ。

石原　三種の神器というのは、ぼくは三島さん自身のことかと思った。

三島　いや、そうじゃない。

石原　やはりぼくは世界のなかに守るものはぼく自身しかないね。

三島　それは君の自我主義でね、いつか目がさめるでしょうよ。

石原　いや、そんなことはない。

三島　そこまで言ってしまってはおしまいだけど、ぼくは日本文化というものを守るということを考える場合に、何を守ったらいいのかといつも考えてきたですよ。歌舞伎やお能というのは、共産社会になったって絶対だいじょうぶですよ。レニングラード・バレーと同じで、いつまでもだれかが大事にしてくれますよ。それからお茶だって、お花だって、こんなものは共産社会になっても生き延びますね。それなら日本文化が生き延びれば、おまえいいじゃないか、と。法隆寺だろうが、京都のお寺だろうが、いまあんなものをこわす馬鹿な共産社会はないですよ。皆いい観光資源になっていますから……。古典文化というものは大体生き長らえるでしょうね。最後に生き長らえないものは何かというと、共産社会では天皇制はまず絶対に生き長らえないでしょう。それからわれわれが毎日書いているという行為は生き長らえないでしょう。というのは、これから先に手が伸びようとするとき、その手をチェックするでしょうね、いま生きている手はね。従って、いまわれわれがこうして書いている手と、天皇制とは、どこか禁断のものという点で共通点があるはずなんです。

生きている手というものと、天皇制というものの関係は何だろうと考えると、ぼくは天皇制の本質というのを前からいろんなことを言っているんですけど、文化の全体性というものを保証する最終的根拠であるというふうに言っている。というのは、天皇制という真ん中にかなめがなければ、日本文化というのはどっちへいってしまうかわからないですよ。昔からそういう性質を持っているんです。それでこのかなめがあるから、右側へ行ったものは復元力で左側へ来て、左側へ行ったものは復元力でまた右側へ行く。中心点にあるかなめが天皇だというふうに考える。

日本文化というものはいままでどういう扱いを受けてきたかというと、明治以降日本文化というものは近代主義、西欧主義に完全に毒されて、その反動が来て日本文化からほとんどエロティックな要素は払拭されちゃった。戦争中のような儒教的な、ぎりぎりの超国家主義的な日本文化になっちゃった。今度、逆になってきたら、だらしのないエロティックな日本だけがわっと出てきてしまった。快楽主義、刹那主義、だらしのなさね。そのかわり、そのなかに日本文化のいいものももちろん出てきた。戦争時、禁圧されていたいいものが一ぱい出てきた。そうすると日本の近代史というのは、文化の全体を保証しないようにいつも動いてきているんですよ。

それじゃアメリカの民主主義ははたして日本の文化の全体を保証したかというと、たとえば占領軍が来て一番初めに禁止したのは、「忠臣蔵」ですね。歌舞伎の復讐劇ですね。それからチャンバラとか、殺伐な侍の芝居を禁止しましたね。そのとき舟橋聖一らのエロ小説は全部解禁された。エロティックなことは何を書いてもいいという時代がしばらく続いたでしょう。そして思想的にもあらゆるものが解放された。解放されて日本文化が復活したかというと、そうじゃないところがおもしろいんだ。文化というのはそういう形に置かれたときに、またへんぱなものになっちゃう。文化の全体性というのはいまないんですよ。こんなに言論が自由であるように思われるけれども、何も全体性というものがないですよ。そして文化というものはただだらしのないものになっちゃった。創造意欲が少しもなくなって、あわれなものになっちゃったんですよ。するとアメリカ的民主主義というのは、文化としては日本文化の全体性を回復したとは思わない。やはり一面性だけしか回復しなかったんだと思いますね。戦争中のああいうものを一面性しか回復しなかった。おまえの求める文化の全体性というのは、それではいつの時代にそれが実現されたんだというと、徳川時代もだめだった。徳川時代は幕府が一所懸命禁圧してだめだった。それから平安時代は貴族文化だけですからね。

そういうふうにどの時代の政治形態も、政治形態というのは文化の全体性を腐食するような方向にいくんです。だからぼくは政治はきらいなんです。政治はきらいなんですが、ぼくにとって最終的な理念というのは、文化の全体性を保証するような原理。そのためなら命を捨ててもよろしいということをぼくはいつも言っているんです。保証する原理というのは、この世の地上の政治形態の上にはないですよ。ですから三派が直接民主主義なんてことを言うと、どうして日本に天皇があるのに直接民主主義なんてことを言うんだ、ああいうものがあるんだから、君らの求めるそういう地上にないような政治形態を天皇に求めればいいじゃないかって言うんですよ。ぼくは天皇を決して政治体制とは思っていませんけれども、ぼくは文士ですから、文士というものはいつも全体性の欠如に対して闘う、という観念を持っている。われわれの書くものが石原さんの言うような自由であるためには、無意識の自由、意識された自由、政治形態としての自由、何の自由なんてものは問題ではない。文化が、日本の魂があらゆる形で四方八方へ発揮されなければ……。

## 男の原理を守る

**石原**　しかし文化というのはどこの国でもそういうものでしょう。

**三島**　ええ、でも、日本じゃそういうことはないはずなんです。天皇がいるから。

**石原**　いや、だってそれは違うんじゃないかな。振れ動くものが戻ってくる座標軸みたいなものでしょう、天皇と三種の神器というのは。だけど、ぼくはやはりそれは違うと思うんだな。つまり天皇だって、三種の神器だって、他与的なもので、日本の伝統をつくった精神的なものを含めての風土というものは、台風が非常に発生しやすくて、太平洋のなかで日本列島だけが非常に男性的な気象を持っていて、こんなふうに山があり、河があるということじゃないですか。ぼくはそれしかないと思うな。そこに人間がいるということだ。

**三島**　君は風土性しか信じないんだね。

**石原**　結局そういうところへ戻ってきちゃうんですよ。それしかない。

**三島**　戻ってきても、風土性から文化というのが直接あらわれるわけじゃないよ。

**石原**　もちろんそうですよ。天皇とか、三種の神器を座標軸に持ってくるのは簡単だけれども、それだってやはり日本の風土とか、伝統をつくった素地というものが与えた伝統的の一つでしかなく、一番本質的なものではないんだな。ただの一つの表象です。

**三島**　いや、伝統が一つしかないと言うけれど、伝統的にはいろんな多様性があるでしょう。その多様性がある伝統のうち九割ぐらいまでは、共産主義だろうが何だろうがほうっておいたっていいんだよ。僕が伝統主義者であれば何も闘う必要はない。これからの世界は、かつてのソビエトみたいな共産主義では長続きしません。ある程度、伝統文化を包含するでしょう。たとえば、ぼくがあなたのように単なる伝統保存主義者であり……。

**石原** いや、ぼくはそうは言わない。伝統は別に総て保存しなくてもいい。いろいろな形でわれわれが伝統から逃れられないとも思わない。

**三島** 伝統の多様性というものを守るためには闘う必要はないんだ。伝統なんかたった一つだけ守ればいいんだ。絶対守らなきゃあぶないものを守ればいいんだ。守らなきゃたいへんなものを。そうすればほかのものは、たいていだいじょうぶですよ。

**石原** そうかなあ。結局そういうものがあるから、歴史というものはいつも右、左に振れる。座標軸ははずしたっていいんじゃないんですか。はずしたほうがかえっていいんじゃないかな。

**三島** いやいや、ぼくは君みたいなそんな共和論者じゃない。

**石原** そうすると、とらえどころがなくなるというのですか。しかし風土はあるよ。

**三島** 文化の統一性と、文化というものの持っているアイデンティティーというものを、全然没却しちゃう、そういうことをしたら。

**石原** ああ、そうか。三島さん、かつての文化論は取り消したんだな。

**三島** そうそう（笑）。だってアイデンティティーというのは、最終的にアイデンティティーを一つ持っていればいいんだ。言わば指紋だよ。君とおれとは別の指紋を持っている。ナショナリズムでも何でもない。指紋が違う。それで文化を守るということは、最終的にアイデンティティーを守ることなんだ。それ以上のもの、文化全体というか、ほかの守らないでいいものは一ぱいありますよ。

**石原**　自分をアイデンティファイする対象というのは、実は自分が意識でとらえ切れなくなっている本質的な自己であって、ぼくはそれしかないと思いますね。

**三島**　それに名前をつければいい。その本質的な自己というのは……。

**石原**　だからそれは三種の神器じゃないんだな。もっと、何と言うか、日本列島の気象でもいい。もっと始源的な存在の形じゃないですか。

**三島**　つまり全然形のない文化を信じるとすれば、目に見える文化は全部滅ぼしちゃったっていいんですよ、そんなものは。それからあなたの作品も、ぼくの作品も地上から消え失せて、京都のお寺から何からみんな要らないんですよ。そしてただ形のないものだけ守っていればいいんですよ。それは本土決戦の思想なんだよね、そこまで行っちゃえば。つまり焦土戦術だね。軍が考えたことはそういうことだったと思うんだ。つまり国民の魂というものは目に見えないものでいいんだ。信州に皇室の御行在（ごあんざい）所（しょ）とか、いろいろつくっただろうけれど、これは形だけのことで、軍の当局者にとっては、彼らは焦土戦術をやるつもりだった。日本は全部滅びても、日本は残るだろう、と。

石原さんの考えというのは、最終的に目に見えないものを信ずることによって人間が闘えば、結局あらゆるものを譲り渡して闘わなければならない。何かのアイデンティティー、目に見えるものというものを持っていなきゃ、形というものは成立しない。形が成立しなきゃ、文化というものは成立しない。文化というのは形だからね。形というものが文化の本質で、その形にあらわれたものを、そしてそれが最終的なもので、これを守らなければもうだめだというもの、それだけを考えていればいいと思う。ほかのことは何も考える必要はないという考えなんだ。

**石原**　やはり三島さんのなかに三島さん以外の人がいるんですね。

**三島**　そうです、もちろんですよ。

**石原**　ぼくにはそれがいけないんだ。

**三島**　あなたのほうが自我意識が強いんですよ。（笑）

**石原**　そりゃア、もちろんそうです。ぼくはぼくしかいないんだもの。ぼくはやはり守るものはぼくしかないと思う。

**三島**　身を守るということは卑しい思想だよ。

石原　守るのじゃない、示すのだ。かけがえない自分を時のすべてに対立させて。

三島　絶対、自己放棄に達しない思想というのは卑しい思想だ。

石原　身を守るということが?……ぼくは違うと思う。

三島　そういうの、ぼくは非常にきらいなんだ。

石原　自分の存在ほど高貴なものはないじゃないですか。かけがえのない価値だって自分しかない。

三島　そんなことはない。

石原　風土も伝統もけっこうだけど、それを受け継ぐ者がいる。それがなけりゃ、そんなものあったって仕方ない。ぼくがとても好きなマルロオの言葉に「死などない、おれだけが死んでいく」、ぼくの存在がなくなったときに何もかもが終焉していい。自分の書いてきたものもその時点でなくたっていい。結局、自分が示して守るものというのは、自分の全存在つまり時間的な存在、精神的な存在、空間的な存在、生理的な存在、それしかない。それを守るということは、それを発揚するということです。

三島　だけど君、人間が実際、決死の行動をするには、自分が一番大事にしているものを投げ捨てるということでなきゃ、決死の行動はできないよ。君の行動原理からは決して行動は出てこないよ。

石原　そんなことはない。守るというのは「在らしめる」ということ。そのためには自ら死ぬ場合だってある。

三島　それじゃ現実に……。

石原　献身、奉仕だってある。自分に対する献身もあるでしょう。

三島　それは自己矛盾じゃアないか。自分に対する奉仕のために自己放棄するなんてばかなやつは世のなかで聞いたことがない。

石原　いや、そうですよ。はっきりありますよ。他者というのはぼくの内にしかないんだもの。

三島　君の自己放棄というのは自分のために自己放棄して……。

石原　ぼくのなかにある他者というもの……。たとえばこの間もテレビへ出て、何のために政治をやりましたか、ぼくのためにしましたっていったら、すぐ主婦が、「エゴイズムですか」「そのとおりエゴイズムです」って言ったら、「私はあの人に一票を投じて惜しかった」と朝日新聞に投書をして、朝日新聞がまたそれを得々として載せた。どうせわからんだろうと思ったけど、あえて言ったんだ。何もぼくは自分の政治参加を雄々しいなんて思っていませんよ。しかしそこにある一つの犠牲みたいなものがあっても、それはぼくのうちに在るもの、つまり友人があったり、家族があったり、民族があったり、国家があるわけでしょう。そのためにしたんだ。しかしそんなものはぼくの存在が終わったら全部なくなっちゃうね。しかしそれが伝統になるんだ。

**三島**　それじゃ君、同じことを言っているんじゃないか。つまり君の内部にそういう他者を信じるか、外部に他者を信じるかの差に過ぎないでしょう。

**石原**　ぼくは内部にしか信じない。

**三島**　他者というものは内部にいるか、外部にいるか、どっちかだって君は言うわけでしょう。君は内部に他者を置いて、その他者にディボーションするんでしょう。そういうものは君のなかにある他者なんで、だれが一体そんなものを信じるんだ。

**石原**　それは信じられんでしょうね、僕以外。大体ぼくは人間が他人を信じるなんて信じられないな。

**三島**　君は絶対、単独行動以外できないでしょう。

**石原**　そう思います。だから派閥をつくれって言われても人間を信じては派閥なんかつくれない。

**三島**　絶対の単独行動でどうして政治をやるんですか。

**石原**　だからそこはとても自己矛盾でね。しかし、やはりそこで我を折り、複数の行動をすることも自己犠牲の奉仕でしょ。しかし数というのは、外づらの問題だ。

三島　もうすでに君は何かの形でディボーションやっているんだ。意識しないディボーションをやっているんだ。
石原　そりゃ意識していますよ。
三島　あまり意識家でもないけどな。
石原　それは江藤淳が言うことだ（笑）。ぼくはこのごろ三島さんなんかより意識家になった。
三島　だんだん逆になってきたな。しかしぼくはやはりサクリファイスということを考えるね。一番自分が大事に思っているものは大事じゃないんだ、と。
石原　じゃ同じことを言っているわけです。ぼくだってやはり自分をサクリファイスしていると思うんだ。ぼくが思わなくても他人がそう思うでしょう。
三島　少なくとも君が政治をやるというのもサクリファイスだよ。
石原　そりゃそうだな、自分で言うことじゃないけれど。
三島　文学というものは絶対的に卑怯なもので、文学だけやっていればセルフ・サクリファイスというものはないんですよ。人をサクリファイスすることはできても。
石原　ぼくもそう思う。ぼくも三島さんが言ったと同じことを、あるところに書いた。男とは何か。ぼくはやはり自己犠牲だと思う。そこにしか美しさはないんじゃないか。

だから小説家というのは全然雄々しくないって。

**三島**　そのとおりだな。小説家で雄々しかったらウソですよ。小説家というのは一番女々しいんだ。生き延びて、生き延びて、どんな恥をさらしても生き延びるのが小説家ですね。

文学というのは絶対雄々しくない。文学だけで雄々しいポーズをしてみてもしようがないんだ。ウソをつかなきゃならない。

**石原**　いま三島由紀夫における大きな分岐点は、非常に先天的と思ったもの、肉体というものが後天的に開発できるということを悟ってしまったことだな。

**三島**　そうなんだ。それはたいへんな発見だ。

**石原**　三島さんはやっと男としての自覚を持ったと思うんだ。それは、三島由紀夫が三島由紀夫になるよりあとに持ったんだな。それで非常に大きな変化が三島さんにきて……。

**三島**　困っちゃったんだ。（笑）

**石原**　さっきも居合抜きを見せてくれたけど（笑）。筋肉がくっついて三島さん、ほんとに困ったと思う？

**三島**　困っちゃったんだよ。

石原　いまさら女々しくなれないでしょう。

三島　いまさらなれない。そうかといって文学は毎日毎日おれに取りついて女々しさは要求しているわけだ。それでしようがない、おれの結論としては、文学が要求する女々しさは取っておいて、そのほか自分が逃げたくても逃げられないところの緊張を生活の糧にしていくよりほかなくなっちゃったね。もし運動家になり、政治運動だけの人間になれば、解決は一応つくんだけれども。

石原「楯の会」では、まだクーデターはできない。そこに悩みがある。

三島　しかしまだ自民党代議士、石原慎太郎も大したことはないし、まだまだおれも先があると思っている。（笑）

石原　いまの反論はちょっと弱々しかった（笑）。しかしほんとにぼくは思うな。三島さんのテンペラメントというのは、最初から肉体を持っていたら……。（笑）

三島　別のほうに行ってたんだよ。

石原　行っていたね。

三島　だけど、いまさらどっちもね。困っちゃったんだ。

石原　そして自分で効率よく自分を文豪に仕立てた責任もあるしね。ああいう政治能力をほかに発揮したらどうですか。

**三島**　また……。おれがいつ政治を使いましたか。(笑)

**石原**　しかし、その筋肉の行き場所がないというのは困りますね。

**三島**　困りますね、ほんとに。小説を書くのにこんなもの全然要らないんですからね。困っちゃうね。(笑)

**石原**　だけど三島さん、個人の暴力の尊厳というものをいまの学生というのは知らないですね。

**三島**　そうだね。ほんとに集団にならなきゃ何にもできない。個人は弱者だと思っている。

**石原**　彼らによって守らなくちゃならないものに個人がないんだ。ぼくはときどき言うんだけれども、行きすがるときにいきなりつばをはきかけられて、とがめて顔をふいてもらってもどうにもならんでしょう。やはりなぐるか、切るかしなければいけない。そういう行動に出ると、暴力はやめて下さいということになる。しかしその場合に暴力でなかったら守れないものがある。

**三島**　そりゃそうですよ。そのときはやる。

**石原**　現代の社会には名誉というものがないと思うな。

**三島**　それを守らなくちゃ名誉はないわけだが、しかしそれは自分を守るということとと別じゃないかな。つまり男を守るんだろう。

**石原**　結局、自分を守ることじゃないですか。

**三島**　それは、ある原理を守ることだろう。

**石原**　男の原理。現代では通用しなくなった男の原理。

**三島**　男というのは動物ではない、原理ですよ。普通男というと動物だと思っているんだ。女から言うと、男ってペニスですからね。あの人、大きいとか、小さいとか、それは女から見た男で、女から見た男を、いまの世間は大体男だと思っているんだろうがね。ところが、男というのはまったく原理で、女は原理じゃない、女は存在だからね。男はしょっちゅう原理を守らなくちゃならないでしょう。その原理というものは、石原さんが言うように自分だとはぼくは思わないですよ。自分ならそんな辛い思いをして原理を守る必要はない。自分を大事にするんだったら、つばをはきかけられても、なるたけけんかしないでそっとしておいて、かかわりあいにならないで、そばで人が殺されそうになっても、警察に調書を取られるのはたいへんだから、そっと見ないで帰りましょうというほうが、よほど生きるのは楽ですよ。だけどそこで原理を守らなければならないのが男でしょう。

**石原**　しかし原理はだれのなかにあるんですか。やはり自分のなかにしかないでしょう。実は自分の方が先にあるんです。

**三島**　自分のなかにしかないけれども、男という原理は内発的なものでもあると同時に、最終的には他人が見ていてみっともないからですよ。

**石原**　そうかな。ぼくは人がいないところでもなぐるな。三島さんだってそうだと思う。人がいないときに何かやられたら、やはり刀を抜くでしょう。

**三島**　そりゃそうだ。

**石原**　この前の対談で雑誌社の人間がいなかったら、いいだももを切ればよかった。（笑）

**三島**　刀のけがれになるよ、あんなの切ったら……。これちゃんと速記しておいて下さいね。（笑）

**石原**　これは遠吠え、遠吠え。

**三島**　あの人は口から先に生まれたんだ。

**石原**　全く口から先に生まれた。（笑）

**三島**　どうにもならんですよ。生まれてオギャーという前に共産党宣言か何か叫んだんじゃないかね。

ところで、われわれは左翼に対してごちそうを出し過ぎていますよ。みんな食べられてしまう。われわれが一所懸命つくった料理を出すと、みんな食べられちゃうんです。カラスが窓からはいってきてみんな食っちゃう。左翼に食べられちゃったものは、第一がナショナリズム、第二が反資本主義、第三が反体制的行動だと思うんだ。この三つを取られてしまうと困っちゃうんだ。四つ目のごちそうはまだ取られていない。天皇制ですね。ここにおいてどうするんです。

石原　それはたいへんな深謀遠慮ですな。(笑)

三島　なぜ？　ここにおいてどうするんですか。

石原　そりゃラオスにもプーマ殿下なんているからね。

三島　いるけれども、日本はラオスまではいかんと思うんだ。ぼくはそういう考えですよ。ですからこのギリギリの一線、これは丸薬なんです。苦い薬なんです。だからみんななかなか飲みたがらない。石原さんなんかさっきから飲みたがらないでじたばたしているでしょう。

石原　いや、そんなことはない。

三島　これを飲むか飲まないかという問題で闘うんじゃないです。ごちそうはみんな食われちゃった。甘い味がつけてありますからね。

石原　それはちょっと違うな。それほどごちそうじゃないな。

**三島**　ほかのものだよ。ほかの三つのものはごちそうだ。それで最後に丸薬だけ取ってあるんだ。これは天皇だ。この丸薬はカラスは食わないですよ。食えと言ったって食わないいんだ。なぜかというとカラスは利口だからね。この丸薬を食ったら、カラスがハトになるかもしれない。たいへんなことになる。カラスがカラスでありたいためには、それを食わんでしょう。だからぼくは丸薬をじっと持っているんです。もう、どう言われてもこの丸薬を持っている。これは味方うちも、敵も、なかなか飲みたがらない丸薬です。どうでも、こうでも……。

**石原**　三島さんのように天皇を座標軸として持っている日本人というのは、とても少なくなってきちゃったんじゃないかしら。

**三島**　君、そう思っているだろう。だけどこれから近代化がどんどん進んでポスト・インダストリアリゼーションの時代がくると、最終的にそこへ戻ってくるよ。

**石原**　戻るのはいいけれど、天皇をだれにしようかということになるんじゃないかな。

**三島**　いやいや、そんなことはない。明治維新にはそんなことを考えたんだ。たとえば伊藤博文も外国へ行く船のなかで、共和制にしようかって本気に考えたんだ。ところが日本へ帰ってきてまた考えなおしたんだね。竹内好なんかは君と違って、もっとずっと先を見てるよ。コンピューター時代の天皇制というのはあるだろう、それがおそろしいっていう。ポスト・インダストリアリゼーションのときに、日本というものも本性を露呈するんじゃなかろうか。いまは全く西洋と同じで均一化していますね。だけどこいつを十分取り入れ、取り入れ、ぎりぎりまで取り入れていった先に、日本に何が残っているというと天皇が出てくる。それを竹内好は非常におそれているんですよ。非常に洞察力があると思いますね。

石原　それはそうじゃァないな。竹内好のなかに前世代的心情と風土があるだけです。

三島　その風土が天皇なんだよ。

石原　そうじゃない。それはただ時代とともに、それが変わってきているんだな。

三島　ぼくは変わってきていると思わない。ぼくは日本人ってそんなに変わるとは思わない。

石原　ぼくのいうのは、つまり天皇は日本の風土が与えた他与的なものでしかないということで、風土は変わらんですよ。われわれの本質的な伝統というものは変わらないけど、天皇というものは伝統の本質じゃないもの。形でしょう。

三島　だけど君、どうしてないなんていうの。歴史、研究したか。神話を研究したか。

（憤然と怒る）

石原　しかし歴史というものの骨格が変わってきているじゃないですか。日本の歴史の特異点は、日本にとって、いつも海を隔てた大陸から来るメッセージというものがある。しかしそれは必ずしも系統だってない。

たとえば仏教。それを濾過することで日本文化はできてきたんでしょう。政治の形は、そんな文化造形の前からあったが、しかしその規制は受けた。天皇制が文化のすべてを規制したことは絶対にない。いずれにしても日本の伝統の本質的条件がつくったものの一つでしかないと思うな、天皇は。

**三島**　それはもう見解の相違で、どうしようもないな。つまりぼくは文化というものの中心が天皇というもので、天皇というのは文化をサポートして、あるいは文化の一つの体現だったというふうに考えるんだから。

**石原**　文化というのは中心があるんですか。

**三島**　必ずあるんだ。君、リシュリューの時代、見てごらん。

**石原**　いや、中心はあるけど、その中心というのはあっちへ行ったり、こっちへ行ったりするんだなあ。

**三島**　それじゃリシュリューの時代の古典文化、ルイ王朝の古典文化というものは秩序ですよね。そして言語表現というのは秩序ですよ。その秩序が、言語表現の最終的な基本が、日本では宮廷だったんです。

石原　だけど、その秩序は変わったじゃないですか。

三島　いくら変わってもその言語表現の最終的な保証はそこにしかないんですよ。どんなに変わっても……。

石原　そこにしかないってどこですか。

三島　皇室にしかないんですよ。ぼくは日本の文化というものの一番の古典主義の絶頂は『古今和歌集』だという考えだ。これは普通の学者の通説と違うんだけどね。ことばが完全に秩序立てられて、文化のエッセンスがあそこにあるという考えなんです。あそこに日本語のエッセンスが全部できているんです。そこから日本語というのは何百年、何千年たっても一歩も出ようとしないでしょう。一つも出てないですね。あとのどんな俗語を使おうが、現代語を使おうが、あれがことばの古典的な規範なんですよ。

## 天皇制への反逆

石原　三島さん、変な質問をしますけど、日本では共和制はあり得ないですか。

三島　あり得ないって、そうさしてはいけないでしょ。あなたが共和制を主張したら、おれはあなたを殺す。

**石原**　いや、そんなことを言わずに（笑）。もうちょっと歩み寄って。その丸薬、ぼくは飲めない。

**三島**　きょうは幸い、刀も持っている。（居合い抜きの稽古の帰りで、三島氏は真剣を持参していた）

**石原**　はぐらかさないで。つまり、日本にたとえば共和制があり得たとしたら、日本の風土とか、伝統というのはなくなりますか。

**三島**　なくならないと言ったでしょ。伝統は共産主義になってもなくならないと言ったじゃないですか。

**石原**　それをつくったもっと基本的な条件はなくなりませんか。

**三島**　なくなります。

**石原**　ぼくはそう思わない。

**三島**　絶対なくなる。

**石原**　それはもっと土俗的なもので、土俗的ということもちょっと夾雑物（きょうざつぶつ）が多過ぎるけれど、本質的なものはなくならないと思いますね。ぼくは何も共和制を一度だって考えたことはないですよ。

三島　そりゃまあ命が惜しいだろうからそう言うだろうけど。

石原　ぼくだって飛び道具を持っているからな。

三島　そこに持ってないだろ。

石原　あなたみたいにナイフなんか持ち歩かない。

三島　だけど文化は、代替可能なものを基礎にした文化というのは、西洋だよ、あるいは中国だよ。日本はもう文化が代替可能でないということが日本文化の本質だ、というふうにぼくは規定するんだ。だから共和制になったら、代替というものがポンと出てくる。代でかわることだよ。共和制になったら日本の文化はない。

石原　つまりシステムというのはほんとに仮象でしかないね。

三島　仮象でいいじゃないか。だって君、政治が第一、みんな仮象であるということもよくわかっているんだろ。

石原　ようくわかっていますよ。だけどやはりそのなかにぼくがいるんだもの。これは、ぼくは実象ですよ。

三島　もう半分仮象になりかかっているじゃないか。

石原　そんなことないよ（笑）。そういう言いがかりはけしからんな。（笑）

三島　いまのは訂正しましょう。しかしぼくも依怙地ですからね、言い出したらきかないです。いつまでもがんばるつもりです。

**石原**　何をがんばるんですか。三種の神器ですか。

**三島**　ええ、三種の神器です。ぼくは天皇というものをパーソナルにつくっちゃったことが一番いけないと思うんです。戦後の人間天皇制が一番いかんと思うのは、みんなが天皇をパーソナルな存在にしちゃったからです。

**石原**　そうです。昔みたいにちっとも神秘的じゃないもの。

**三島**　天皇というのはパーソナルじゃないんですよ。それを何か間違えて、いまの天皇はりっぱな方だから、おかげでもって終戦ができたんだ、と、そういうふうにして人間天皇を形成してきた。そしてヴァイニングなんてあやしげなアメリカの欲求不満女を連れてきて、あとやったことは毎週の週刊誌を見ては、宮内庁あたりが、まあ、今週も美智子様出ておられる、と喜んでいるような天皇制にしちゃったでしょう。これは天皇をパーソナルにするということの、天皇制に対する反逆ですよ。逆臣だと思う。

**石原**　ぼくもまったくそう思う。

**三島**　それで天皇制の本質というものが誤られてしまった。だから石原さんみたいな、つまり非常に無垢（むく）ではあるけれども、天皇制反対論者をつくっちゃった。

石原　ぼくは反対じゃない、幻滅したの。

三島　幻滅論者というのは、つまりパーソナルにしちゃったから幻滅したんですよ。

石原　でもぼくは天皇を最後に守るべきものと思ってないんでね。

三島　思ってなきゃしようがない。いまに目がさめるだろう。（笑）

石原　いやいや。やはり真剣対飛び道具になるんじゃないかしら（笑）。しかしぼくは少なくとも和室のなかだったら、ぼくは鉄扇で、三島さんの居合いを防ぐ自信を持ったな。

三島　やりましょう、和室でね。でも、君とおれと二人死んだら、さぞ世間はせいせいするだろう（笑）。喜ぶ人が一ぱいいる。早く死んじゃったほうがいい。

石原　考えただけでも死ねないな。

（昭和四十四年十一月）

# II

## モテルということ

### 二枚目半か三枚目半

本誌　それじゃ、ブッケ本番でまいりますけど、こんど、三島さんが映画俳優宣言をなさったときの記者会見で「新人の三島由紀夫でございます」なんておっしゃったそうですが……アレは本心だったのですか。それとも演技？

三島　そうね。まア、そのどっちだともいえると思うな。しかし、僕はこれまでいろいろヘンなことをやってきているから、みんながいまさら驚くとは別に思わなかったな。

本誌　でも、一応、世間がアッといって映画俳優三島由紀夫の誕生を話題のタネにしたのは事実ですよ。

三島　いや、驚いたような顔はしたらしいけど、本当は驚いたんじゃなくて「あああ

——あのツラで……」といってよろこんだんじゃないかな。(笑)

**石原**　いや、三島さんの顔は、なかなかいい顔ですよ。

**三島**　ありがとう。君は映画監督だけあってわかるらしいね(笑)。しかし、世間が、あのツラでと思って喜んでいるくらいのことは、ちゃんとわかってるんだ。それで、喜びたいのなら喜ばしておけばいい。いまに、おれの映画が出たら美の観念がガラッとかわるんだから、それまでのことだからとおれは思ってるんだ。

**石原**　すると、三島さんは二枚目のおつもりですか。

**三島**　二枚目とか三枚目とかいうことはおれは考えていないね。しかし、友だちは三枚目と思っているらしい。

**本誌**　フランキー堺が三島さんに俳優になられると、自分の役が一つ減ることになるってあわててるようですが。

**三島**　そうらしいね。このあいだ大岡(昇平)さんにあったら、フランキーさんが映画俳優三島由紀夫に猛烈にライバル意識を燃やしてる。これでお前が三枚目だってことが確認できたといって大よろこびしてたよ。

**石原**　しかし、完全な三枚目とはいえないんじゃないかな。

**三島**　すると二枚目半か三枚目半ってことになるかな(笑)。しかし、いずれにしてもおれがこの顔で映画俳優になりゃ、映画のために青春を棒に振ってる連中に一大警告を発することにはなると思うね。つまり、連中が憧がれてる映画俳優のイメージをぶちこわすことになるんだから……。

## 俳優心得のいろは

**三島** ところで、きのう石原さんの出演した『危険な英雄』を観てきたけど、あなたは作家俳優の第一号になったときに、たしか、おれは作家としての行動の可能性をためすのだというようなことをいったね？

**石原** そういわんことには恰好がつかんからね。（笑）

**三島** いや、しかし、あの映画を観るとあなたはスターになるべくしてなった人だという気がするね。

**石原** 逆説的にいうとですか？

**三島** いや、まともにいってさ。しかし、石原さんの映画出演よりも僕の映画出演の方が現代的だと思うな。

**石原** どうして？

三島　それはね。いまは石が浮いて木が沈む時代だが、僕はそういう時代のなかで映画俳優になるわけだからですよ。

石原　凄く慎重だな。（笑）

三島　ステートメントのつもりでいってるんだからね。

石原　文士劇でも三島さんは真剣になって取組んでたけど、三島さんって仕事に対しても凄く真面目になるんだな。

三島　おれは文士劇でも引越しでもカッカしちゃうんだ。

石原　しかし、映画界へ入ってカッカとなると責任妄想みたいなものができて三割引の切符を売って歩くようになりかねないから……注意して下さいよ。

三島　ありがとう。いや、きょうはね……作家としてはおれの方が先輩だけれども、映画俳優としてはおれより先輩のあなたに、いろいろと俳優心得といったものを教えてもらおうと思ってきたんだから歯に衣（きぬ）きせずにいってくれないか。

石原　そうね。第一には、自意識過剰にならんことじゃないかな。

三島　どういう意味？　そりゃ……。

石原　三島さんは舞台へ出てもドキドキしないでしょう？

三島　ぜんぜん、しないね。あがってるのに……。

石原　ところが、本職の役者は案外ドキドキしてるんですよ。

三島　すると、ドキドキしない方が自意識過剰なのかな。

石原　どうもそうらしい。とにかく、本職の俳優にはファンダメンタルなところではかなわないんだから、買われた地をもっと淡々に見せればいいと思うね。

三島　おれはあくどく見せてやろうと思ってるんだが……。

石原　ところが、案外、善良に見えたりしちゃってね（笑）。とにかく、カメラって奴はこわいですよ。

三島　そうらしいね。

石原　それから、次にはライトに気をつけることだな。

三島　目か？

石原　ええ――舟橋〔聖一〕さんが小説家は目を大切にしなければいけないといってたけど、三島さんも、ぜひ、僕がやってたように黒メガネをかけたらいいと思うな。

三島　僕は目は強くて亜熱帯を旅行したときにもサングラスはかけなかったんだ。大体、日本人の目は強いんだ。

石原　でも、玄人はライトを見ないで演技するけど、素人はどうしてもライトを見ちゃう。いつか、ロケで松林から真夏の太陽が出る場合を現わすライトをまともに見ちやって夕方から眼がかすんじゃって困ったことがあるけど、映画って妙なところからライトがくるの。目が死んじゃうと俳優としてはゼロになってしまうんだ。

**三島**　映画は目の芝居が大切らしいな。このあいだブリンナーの『ソロモンとシバ』を観たけど、全編二時間半のあいだ、彼はニラミだけで芝居してたからな。

**石原**　次に、自分の死角をおぼえること。本職は絶対自分の死角を撮らせないですよ。だから、僕は高峰三枝子と撮ったとき僕の見せたい方が彼女の死角なんでとうとう犠牲になって自分の死角をさらしたけど、死角で撮った映画を観るとゲッソリするんだ。

**三島**　ところが、僕のは全部死角なんだ（笑）。それに、こっちは文芸雑誌のグラビアなんかにわざとヘンなところを誇張した悪趣味の顔をさんざん出されているから怖いもの知らずさ。

**石原**　映画で見るホンモノの方がよかったってことにもなるかもしれないし。（笑）

**三島**　とにかく、おれはあんたみたいに本の広告に死角を避けたスチールを使ったりはしないつもりだよ。

## やってみたいラブ・シーン

本誌　三島さんは、映画で濃厚なラブ・シーンやりたいということですが……。

三島　それは、人間と生れたからには、一度ぐらいそういうことをしてみたいものね。このまま死んじゃ淋しすぎるもの。（笑）

石原　それはそうかもしれないが、しかし衆人環視の中でキス・シーンを演ずるのは重労働ですよ。

三島　石原さんでもテレるかね？

石原　いや、ぜんぜん……。僕の最初のキス・シーンの相手はTさんだったんだが、スタッフ一同そのワン・カットをかたずをのんで待ってる。撮影は午後なので、僕も昼食のあとでウガイをしたりウイスキーをのんだりして斎戒沐浴（さいかいもくよく）だけはしたが、いわゆる自意識過剰のせいか、いざ本番テストとなってもぜんぜん平気なの。ところが、抱いてみるとTさんはガタガタふるえてるんだ。

三島　へえ？　本職でもね。

石原　なにしろ本番となるとスタジオの中がシーンとしちゃってライト・マンなんか

も天井から息を殺してランランとのぞき込んでるんだからね。Tさんはガタガタふるえているが、僕は冷静そのものだ。

**三島**　高見〔順〕さんなんか愛欲シーンをかくとき、よだれをたらすっていう伝説があるけど、小説家はそういうことに案外慣れてるからじゃないかな。

**石原**　ところが、Tさんはふるえながらもチャンと死角をさけてる。すると、ふるえてるのも、どうも演技らしい。

**三島**　なるほどね。案外、それが本職たるゆえんのものかもしれないな。しかし、大勢の人にそういう場面を見せることが、エキスィビショニスティック（露出症的）の人間には興奮剤になるんじゃないか。おれなんかそういう傾向はないけれども……。いずれにしてもノゾキは低級だけどノゾカセは高級な文化の所産だからね。その意味で映画でラブ・シーンやキス・シーンを演ずるのは高級だと思う。

**石原**　それじゃ、三島さんはラブ・シーンの名優になれますよ。（笑）

**三島**　それ以外はダメだったりしてね。

**石原**　相手の女優さんとしてはだれを希望してますか。

**三島**　いまはそういうことがいえない立場でね。会社の人間なんだから……。それに、ラブ・シーンの相手には肉感女優がいいのかそうでないのがいいのかもわからないしね。

石原　バカに謙虚だな。（笑）

三島　そういうわけでもないが、おれは映画界に入ったらあなたまかせでゆくつもりなんだ。

石原　凄いッ。さすがに読みが深いね。とにかく、俳優は監督に一目おかさせなくてはダメなんですよ。オブジェにならなくちゃ……。

三島　だから、僕は路傍の石ころのように扱ってもらいたいと思ってるんだ。

## 通俗的なものをやりたい

石原　ところで、映画の外題はきまったの？

三島　いや、ワイワイやってるが、まだきまっていない。結局は、おれの考えたやつがいいのかもしれないが……いまは、わからない。

本誌　内容はカルメンの現代版とか？

三島　うん、白坂（依志夫）君と監督が、いま一生けんめい考えてくれてるらしい。

石原　自作自演の希望はないの。

三島　自分の書いた人物は大嫌いだからね。（笑）
石原　監督は増村〔保造〕さんでしたね？
三島　そう。
石原　僕はあの人を高くは買わないよ。『闇を横切れ』というのを観たが、人をやたらに動かしてばかりいて内面的なものが描けない。
三島　おれはその方がいいんだ。
石原　ほんとですか。これはどうも三島と増村のダマシ合いになる。そして三島さんが彼をだますことになるね。
三島　いや、彼がおれをだましてくれるよ（笑）。大学も同期で同じ法科でしょっ中あってるからね。
石原　しかし、彼は映画企業としてのコマーシャル・ベースを守って敗れてるんですよ。
三島　おれは絶対にコマーシャルでゆきたい。とにかく絶対に通俗的なものをやりたい。通俗小説は絶対書きたくないが……（笑）。監督が文学青年じゃ映画俳優になった意味がなくなってしまうんだ。……おれは、この辺で小説家としての前線から後退して、つまり、撤退作戦をとって戦線を縮小させようと思っているんだ。中村光夫がいってたけど、日本の小説家は一度は後へさがって古くならなくちゃ大成しないというんだ。だからおれは、これから文語体の小説を書いてやろうかとさえ思っとる。金色夜叉式のね。

## お色気論

**本誌**　三島さん、新人スター三島由紀夫の伏敵は、けっしてフランキーさんじゃなくて、案外トニー・ザイラーじゃないかと見てるんですが、その点についてなにか感じてるものがありはしませんか。

**三島**　ぜんぜん。ただ、ザイラー君が羽田へ着いた日に、永田〔雅一〕さんがきょう重大発表があるといって僕が映画俳優になる発表をしたことと、彼と僕の主演映画が大体、来年の春頃封切られることでコマーシャルな意味では、ちょっとしたカチ合いだとは思っていますがね。伏敵だなどとはゆめにも思ったことはありませんよ。

**石原**　そうですかね？

**三島**　もっとも、彼が女の子に凄くもててる点については、はげしいライバル意識をかりたてられてるがね。

**石原**　それは映画のせいですよ。三島さんだって、一本映画に出てごらんなさい。もてもててしようがなくなるから……。もちろん、その反面、世間が狭くなっちゃってわるいことなんかできなくなっちゃうけどさ。

**三島**　その点は、あきらめてるさ。妻子もあることだしね（笑）。しかし、ザイラー君も、もてる割には案外つまらないと思ってるかもしれないね。

**石原**　このあいだあるナイト・クラブへ彼がドイツ人の友だちときているのにあったけど、まわりがガアガアさわいでるのに本人はつまらなそうな顔をしてて、結局、一曲も踊らなかったですよ。

**三島**　そうだろうな。そうすると、おれがザイラー君のもて方にやけてるってことも皮相な見解ってことになっちまうが大体、女の子にもてるってことはどういうことなの？

**石原**　この辺で、ひとつ、お色気論をやりますか。

**三島**　うん。遠来のザイラー君をダシに使っちゃわるいけど、それに、例の『不道徳教育講座』に書いちゃったからちょっとムジュンすることになるかもしれないけど……。

**石原**　道徳講座としてゆけばいい。（笑）

三島　それじゃ、三島教授に早替りしていうが——バーなんかで女の子にワアワアいわれることがもてることなのか、というとけっしてそうじゃない。じゃ、道でサインをたのまれることがそうかというと、これもちがう。映画にでも出ればそんなことはだれだってされることだ。

石原　（うなずく）

三島　僕は、もてるということは、異性が性的に肉感をもって近づいてくることだと思う。ところが、ザイラーに性的にひかれて近づいてゆく女なんか、いない、おかわいそうに……彼の人気というものはコマーシャリズムのつくりあげた人気にすぎないんだから……。

石原　（無言）

三島　女だって、男が性欲をもって性的に興奮して近よってくる瞬間はありがたい気がすると思うね。百人の男にサインを求められるよりも一人の男が性的にひかれて近づいてくる方がもてたという気がするだろう。相手が好きな男だったらだがね。つまり、男だって女だって相手の性的興奮をぬきにして、ただ、もてるとかもてないとか、いっているのは、まったくおかしなことで、僕は、そういうもて方をしないからひがんでいうんじゃないが——もし、まちがってでも、もてるのなら、ひとりの女に裸で飛びこんできてもらいたいね。

**石原**　僕もそうだな。

**三島**　死んだエロール・フリンがヨットで走ってたら女が泳ぎついてきて溺れそうになった。それで助けあげたら女は素っ裸だったという。これはわざとだったんだが、おれは、そういうのが、ほんとにもてたのだと思うね。そこまでいかなくちゃ、ナッシングだよ。

**石原**　そういえば『夏子の冒険』に出たQという俳優がいるけど、彼がどこかの飲屋にいったら、ファンの女の子がどうしても寝て下さいといってきかないので、仕方なく、二階へあがった。すると、暗い中で女が抱きついてきて、「あなたQさんね。ほんとにQさんね」といったそうだ。

**三島**　いい話だね。つまり暗くなったらそこには男と女の無名の肉体しか存在しないはずなのに、なおかつ、名前が存在しているというのは、ほんとにもてた証拠になるんだな。女は男の前戯や技巧に興奮はするが、その興奮は男の名前とは関係がない。にもかかわらず、相手の個性を重んじて名前をたしかめてくれたということは、ほんとにもてたことだと思うね。つまり、名指しで口説かれないかぎり、小説を愛読してるとかなんとかいくらいわれたって、もてたことにはなりゃしないんだ。

石原　僕なんか女の人を精神的にも肉体的にもいろんな形で虐めることができて、それでも、まだついてきてくれるんでなくちゃ、もてたという気がしない。

三島　それは丹次郎型だ。おれなんか、どうも猜疑心が強くて、身をほろぼすまで相手に入れあげるということができねえんだ。つまり、オテロにはなれないんだ。

石原　じゃ、ドン・ホセにもなれないね。（笑）

三島　うん、ホセにもなれない。それでホサれちゃうかもしれないね。映画界では……。（笑）

（昭和三十五年二月）

# 新劇界を皮肉る

## 杉村春子と水谷八重子

**石原**　三島さんから見て、杉村春子さんというのはどういう方なんですか。

**三島**　ぼくは、俳優というのはあれでいいと思うんですよ。火の玉のような人ですよね。そして、自分が冷静でいるつもりでも冷静でなくなっちゃうようなところがある人ですよね。役者としてはそれでいいと思うけれども、まあ劇団の主宰者、あるいは自分が主宰者と思っていなくても、世間からは劇団の代表者に見られるような、そういう人としてはとてもむりじゃないですか。根本的にむりじゃないですかね。ぼくはあの人、あくまで純粋な役者であることを望むね、これからも。役者として、実にいい役者ですよ。それは実にいい役者ですよ。

水谷八重子さんの『鹿鳴館』と杉村春子さんの『鹿鳴館』と比べるとね、いろいろ一長一短はありますけど、これはいろんな意味で相拮抗するようなものだ。両方に花をもたせるわけじゃなくて、一方の長所が一方の短所である。実にそれだけのものありますよね。まあ日本の二大女優でしょうね。

**石原** しかし、あの人見てて美しくないな。つまり水谷さんという人は地は凄い美人じゃないかも知れないが、舞台じゃ美しいでしょう。美人とか美人じゃないということじゃないんですよ、ぼくの言うのは。

杉村さんの芝居というのは、いつも緊迫しすぎていて、間がなくていやだな。

**三島** それは、みんな、これ（ロッククライミングの手つき）から来るんだよ。これがなくなればほんとにすごいんだよ。これだけで生きている人だからね。ふだん、どの瞬間とったって、これだよ。ある意味では苦しいでしょう。一生ロッククライミングですよ、全部。八重子さんはそうでなくて、ぬーッとこうなんだからね、どこに行ったって。腹の中はあるかもしれないけれども、絶対見せない。

**石原** 文学座がこんなに何度も問題をおこしたのはどういうところに一番原因があったと思います。

**三島** やっぱり機構にも関係あるんですね。こんどの問題でも、めちゃくちゃですよ。ぼくがはいっていて、ぼくが押さえれば別ですけれども、ぼくの台本でしょう、問題は。ぼくが引っこんでいるよりほかない。向こうが困ってぼくに相談もちかけるかというと、何にもしない。そして、向こうの連中だけで意思決定する。そうすると、あいうことになっちゃうんですよ。とてもそれはお恥かしくてね、とにかくどうしようもないですよ。外部に、とにかく一人前の人間として意思発表することも、そういう能力もないですよ、文学座という劇団には。記者会見ひとつしたって、言うことみんなばらばらで、何言っているんだかわからない。

## 芸術派と政治派の対立

**石原**　そうすると、これからの新劇というのはどういう方向に進んでいくんでしょう。

**三島**　ぼくは、いままでの劇団形態というのは古いと思う。絶対に古いと思う。それから労演の攻勢が非常に激しくなっているんでね、いま、労演にたよらなければ、新劇団というのはやっていけないような情勢になっているのでね、これがどうなるかわかりませんがね。もし労演に対抗するだけの力が別にできれば、またそこで一つの新しい流れが出てくると思うんですがね。これは困ったものですよ。どうしても労演でレパートリーが制約されますからね。だから、将来、あと十年先か知らないが、もし労演に対抗する大きな観客組織がだんだん育ってくれば、芸術派と政治派というふうに、二大政党の対立のような形になるんじゃないかと思う。

**石原**　それはなるでしょうね。つまり演劇の観客の絶対数が少ないだけに、そういう対立は簡単にできますよ。このごろレパートリーまで制約を加えてくるらしいけれども、むかしは、それほどでないときでも、全然イデオロギーに関係のない芝居やった後で、大阪なんか、「インターナショナル」歌うんだから、こんなばかな話ないよ。

**三島**　そうなんだ。

**石原**　文学座が割れることで、新劇は新しくなりますか。

**三島**　ますます古くなるだろうね。ぼくは、文学座だけじゃなくて、劇団形態というのは一種の反省期にあって、いままでのいき方じゃ無理じゃないかということ、非常に感じるな。第一、いろんな役者が、ほかのテレビに出る、映画に出るということで、スケジュールに追われていることも一つだしね。それなら、それで、全然金銭だけのつながりかというと、そうじゃなくて、そこに理念とかいろんなものがまつわって、それがどっちつかずの形になって、そうすると、体裁をつくろうために、そういう理念のほうを持ち出してくると、こんど、もう一つの生活の問題、経営の問題がガタがくる。それで、経営問題ばかりに熱中していると、こんど理念がおろそかになる。各劇団ともそういう矛盾に非常に苦しんでいるんだけれども、文学座がその矛盾がいちばんはっきり出ちゃった形もあるね。

**石原**　しかし、日本みたいな、いろんな価値がゴチャゴチャあるところで、たとえば十人二十人の小さな団体にしても、それが三年も四年も、あるいはもっと長期にわたって、一つの芸術理念でかたく結束するということは、まず不可能ですね。

**三島**　それはフランスでもそうでしょう。フランスでも、劇団が集まっちゃ散りしていく消長の激しさというのはないでしょう。フランスは内閣からしてそうだからね、一人一人が小やかましい国なんだから。だから、劇団が長く続くということは、どっかに不自然なものがあるわけだな。

人間が、利益だけで結びつかないで長く続くというのは、むずかしいんだよ。（笑）

### 演劇はセリフが第一

**石原**　そうですね。恋愛にしても不可能なんだからね。

**三島**　そのために、結婚というちゃんと形態があるんだからね。利益以外のもの、性欲とか、ましてや思想とか、ましてや理念とか、ましてや何か芸術上のちょっとしたムードとセンスとかいうもので、そんなに人間が集まって長くいっしょにやっていけるわけがない。

**石原**　だけど、三島さんは、この間『風景』の対談〔「七年後の対話」〕の中でおっしゃっていたけれども、歌舞伎にはああいう形で絶望していらっしゃるでしょう。じゃ、三島さん、劇というものに対して、文学座にはいられたとき、一つの理念というものをもっていらっしゃったんですか。そういうものに対する可能性みたいなものを信じていらっしゃったんですか。文学座にはそういうものが可能だという期待ではいられたわけですか。

**三島**　ぼくの愛着のあったのは、理念というよりも、長いけいこを一と月なり一と月半なりやってね、それからアンサンブルのとれた役者——一人一人が天才でなくてもいいんだ。よく知り合ってアンサンブルのとれた役者が、それも小さい舞台の上で、七百人以下の観客の前で緻密な芝居を見せる、そうすればぼくのセリフが何よりも生きてくる、ということの楽しみだね。ほかじゃそれができないんだもの、現実には。それは商業演劇でやれば、セリフなんかすっとんじゃう。お客は筋しか追ってないし。そういう楽しみはやっぱり文学座に非常にありましたね。事実舞台全体の成績がすばらしいとか何とかいうことは別に、そういうものは最低線としてあった。

**石原**　つまりそれが演劇だったわけですね。

**三島**　まあ、そうですね、ぼくの頭の中で考える。というのは、ぼくはセリフが何より大事だと思うから。そして、日本の芝居でいちばん欠けていたのはセリフだと思うからね。

**石原**　だけど、三島さんが、どちらにしても、芝居を書いている中に、劇性というものがあるわけでしょう、芝居であるかぎり。三島さんの考えていらっしゃる劇性ということは、どういうことですか。たとえば今日の演劇の状況がそういうものを生みにくいということ、ありますか。

**三島**　それは必ずしもないので、ドラマというものは、商業演劇も新劇も何もかも、差はないと思うんですよ。だけど、その現われ方が、あくまでセリフを通して、セリフだけのロジックで劇が現われるというところに、新劇の価値を見出していたし、それで劇団にもはいったわけですよね。もちろん、セリフ以外の要素で劇をつくることもできますよね。それは、歌舞伎なんか非常によくやっているでしょう。ああいうものは完成された様式でね、劇自体の様式はそんなにかわらないと思う。お能であっても何でも。

**石原**　この間の『喜びの琴』なんかでも、これからどこかでおやりになるかわかりませんけれども、あれは、文学座よりももっと大きなスケールの劇場で、もっと大きな形でやってもかまわないわけでしょう。だけど、それは『黒蜥蜴』と違った意味で書かれたわけですか。

**三島** それは違いますね。大劇場でやるのには、演出で、ぼくの最初の線よりも妥協してもらわなきゃ困ると思う。というのは、ぼくには計算があるんですよ。金のネクタイどめを、自分が道具に使われていた印だとわかって、あっというところね、その効果は、やっぱりネクタイどめの見える範囲でなければ、ネクタイどめが舞台の上でいつも動いてお客にはっきりわかる範囲でなければ、ちょっと困るんだね。そういうことがある。これが帽子だったり外套だったり、もっと大きなゴルフの道具だったりすればまだいいけれども。

**石原** そういうこと、わりと気にされるんですね。

**三島** ぼくはとても、そういうこと大事なんだ。

**石原** だけど、セリフというものが集中していけば——それは小さな劇場ならよりそういうことあるかもしれないけれども、大きな劇場でも、セリフが緊密に書かれてそれが集中していけば、小道具が何も、たとえ見えなくてもいいんじゃないですか。

**三島** でも、歌舞伎なんていうのは、そういうこと非常によく考えていてね。歌舞伎は商業演劇だけれども。たとえば島台をいくつか出して、その島台の中で、実際に芝居に必要な島台だけを少し大きめに誇張してつくるとか、その劇の誇張の効果というのはいつも考えているよ、小道具で。歌舞伎の小道具は何でもなく見えても、これが劇に必要だというものは、お客の目にはっきりつくようにつくってあるよ。そういうこと非常に計算していますよね。ぼく、ある程度のセリフでもちろん劇を運ぶんだけれども、小道具のはじに至るまで、やっぱり何かそういうものがないと、おもしろくないな。『黒蜥蜴』ははじめから大劇場演劇として書いた。

**石原**　ぼくは、三島さんが歌舞伎にああいう形で絶望されているというの、おもしろかったし、意外だったな。

**三島**　そうですか。ぼくはやっぱり、ちょっとね。

## 歌舞伎座の魅力は?

**石原**　ぼくは、いい作者というものが出てくれれば、直せると思いますがね。

**三島**　そんなことない。あなた、まだ裏を知らないから。だんだん知ってごらんなさい。ちょっと絶望しますよ。

**石原**　そういうもの、若い歌舞伎の二世、三世というのは、大正時代や明治時代の二世三世とちょっと違う状況にあるでしょう。

**三島**　ちょっと違うけれども、またけっきょく同じことになるんだ。兆候、いろいろ見えているよ。たとえば松竹の人でいつも世話になっている人がいるでしょう。それ、表じゃ××さん、××さんと言って、ふっと部屋出ると、「いま××が来やがってね」と侮辱しているとか、そういう細かいことだね。それ、何でもないことだけれどもね、それの集積というのは大きいんだよ、あの世界では。

**石原**　この間笑っていた、うちのプロデューサーが、あるところである役者に会って、こんどのことでこちらがいろいろ説明し、たいへん感動して、やりましょうということになったんです。二度、三度会ったあと、こんどうちのプロデューサーが会いに行ったら、「この間、石原君が来て」と言ったといって、うちのプロデューサー笑っていましたけれども、そういうことはよくあるんでしょうね。それが劇に及ぼすのは。

**三島**　それは微妙なところで。むかし、九代目団十郎が、福地桜痴のことを、福地、福地と言っていた。面と向かったときは何と言ったか知らないけれどもね、「福地に、これ直させればいい、福地にこれ変えさせればいい」という考えになっていた。歌舞伎はどうしても、俳優がいちばん大切な演劇だからね、すべてが俳優中心主義になるのは、ぼくはある程度やむを得ないと思うんだよ。それを全部なくしちゃったら、歌舞伎というもののほんとの味はなくなっちゃっているんじゃないかと思うの。その屈辱をたえしのんで何とかやっていく気持がきみにあれば、別だよ、作者がね。

**石原**　これだけ歌舞伎というものが観客に対して力がなくなってしまって、いまにも足もとから消えてなくなってきそうな感じがするけれども、それでもやっぱりそういうものは残りますかね。

**三島**　そうでもないよ。このごろ、歌舞伎はね、通し狂言、お客が来ているでしょう。秋ごろ『千本桜』の通しを出した。苦しまぎれの企画だよね。そうしたら、「千本」の通しの昼の部のほうがお客が七割だったという、だものね。七・三だったというんだもの、新作よりも、やっぱりだんだんお客が変っているからね。若い人で見はじめる人もいるし、ぼくは歌舞伎はフェニックスだと思うね。死にそうで死なないです。歌舞伎が滅亡するというのは、明治時代からあるんですもの、文学座はどうなるかという議論は、一定の論理に従ってそういう議論があって、これが現実化しちゃって、一年に二度も分裂おこしたりする。ところが、歌舞伎って、そういうものじゃないんだ。もっと無気味なものだよ。歌舞伎は、あしただめになるよと言われながら、百年たっちゃっているんだから。

石原　つまりある程度の完成された様式をもっている強さですね。

三島　日本人の変なメンタリティと結びついているんだね。それから、日本人は、この前も言ったけれども、形式美に対する好みとか、そういうものはとても、ね。

石原　この間、『先代萩』見たんですよ。あれはもっとかりこめば、裁判劇としてもっとおもしろくなると思うんですよ。いつかやってみようと思っているんです。あれを見ている観客の息のつめ方とか、間あいというのは、全然劇を見守る態度じゃない。舞台の中から自分が陶酔できる様式美の瞬間だけを、観客が選んで見ている。役者もそういうものを間をおいてうまくあてがっているひどい馴れ合いだ。

三島　あれは実にグロテスクな、おもしろい芝居だよね。ぼくはいつもあの芝居で感動するのは、長い長いまま炊きから、ご殿の愁嘆場がすむと、女性的世界、あのネトネトした悲しみがダーッと上に去っていくんだよ。そうすると、女たちの世界がダーッと消えて下から男性的な世界がダーッと上がってくるんだ。床下の男之助のせり上げで。そうすると、こんど、男の悪の世界が始まる。その興奮というのはないよちょっと。それも、はじめ、ネチネチ見せられるから効果がある。そんなことは決して意図してやったこともないし、だれか頭のいいやつが考えたことでもないんだね。ほんとに感覚だけだね。不思議だよ、ほんとに。

## アリストテレス以来の劇理念

**石原**　去年いよいよ日生劇場がこけら落ししたわけですがいかがですか……。

**三島**　ただ、ぼくは、あれだけの機構を使う芝居というのは——機構をただ見せるためじゃなくて、有機的に使う芝居というのは、何かありそうなものだと思う。惜しいと思うね。シェークスピアの『テンペスト』とか、イプセンの『ペールギュント』とか、あるいは『真夏の夜の夢』でもそうだし、そういうものはいっぱいあるんだけれども、そういうものばかり見せるための劇場じゃ、またつまらないでしょう。

**石原**　そうですね。何か機能的なものを生かした新しいレパートリーを、やっぱりつくりたいと思うんです。

**三島**　そうですね。ぼくは、一晩、劇をがっちり組んで満足して帰らせれば、たとい二時間の芝居でも、お客は満足して帰ると思うんだ。二時間でいいという確信をもっているけれどもね、一般の興行界は必ずしもそう考えないよ。これだけじゃさみしいからもっと何かつけるとか考えるけれども、お客ってそういうものじゃないと思うな。

**石原**　ただ、西欧人の劇作家のつくった劇というものは、西欧人の劇に対する感情、風土みたいなものあるでしょう。日本人というのは、そういうものと必ずしも一致していませんでしょう。

**三島**　一致していませんね。

**石原**　そういう点、非常にむずかしいですね。

**三島**　たとえば人の一生を、舞台で見て涙を流すというのがいるだろう。劇というものは、ほんとは集約されたものだから、人の一生なんてめったに見せられないものでね。パタパタと二十四時間ぐらいでおこるというのは、アリストテレス以来の劇理念だけれども、日本ではいつのころからか、ああいう変なダラダラ芝居に対する、エモーショナルな芝居の見方が出てきた。それはそんなに古い伝統じゃないと思うんですよ。

というのは、むかし、江戸時代は、それは朝から晩まで角力（すもう）みたいに、芝居やっていましたよ。やっていましたけれども、非常に手のこんだ、こんがらがった筋で、ある場面は劇的に非常に集約されていてね。そこだけ見て帰ればいいんだから、要するに、『寺子屋』なら『寺子屋』というのだけ。すばらしいドラマトルギーだよね。そして、そこに向かっていろんなものが集中しているので、いまみたいに、ただ、八幕十八場とか、五幕十三場とかいう芝居じゃないですよね。

ああいうことをつくったのはどこが原因かと思うとね、昭和のはじめごろに、豪華版興行というのをやったわけだ、松竹がね。そのころから、先代歌右衛門さんがさかんなころで、そして新作なんかいろいろあって、役者本位の脚色ものがいっぱい出てきた時代ですね。大正の終わりから昭和のはじめにかけて。その前の、いろんな文士なんかタッチしていた演劇運動というものは、一応そこでだんだんなくなってきたんだろうと思っているんですよ。ただ一つ、真山青果は例外だね。真山青果というのは非常にえらい劇作家だけれども、ほかは、やっぱり脚色もののだらだら芝居が商業演劇の主流になっているんじゃないかね。それで日本人に変なくせがついたので、そんな、日本人の根本的なクセとは思わないけどね、あのだらだらは。三年目にどうして、八年目にどうして、年とってからどうしてという芝居さ。

**石原**　でも、杉村春子の十五歳なんていうの。

**三島**　大した様式美ですよね（笑）。でも石原さん、歌舞伎って子どものとき見ていないだろう。お母さんなんか連れていかなかった？

**石原**　ぼくは宝塚ぐらいだな。（笑）

**三島**　歌舞伎は、ほんとに不思議に、子どものときから見ていた人と、大人になってから見たのと違うんだよ。舟橋〔聖一〕さんなんかもそうなんだけれども、子どものときから見ているとね、筋なんかわかりはしないし、心理もわからないし、何にもわからないんだけれども、歌舞伎独特のアクセントの強さ、めりはりというようなもの、それから一種のデフォルマシオン、ああいうものが頭にきっちりはいるんですね、子どもの頭に、はじめに。それから、歌舞伎を深く見るようになるでしょう。大人になると、どうしても頭が論理的になっていますからね。筋を見たり心理を見たりいろいろして、そこからはいっちゃう。

**石原**　ぼくも、子どものときに三島さんなんかが歌舞伎を見て、どういうふうにインプレスされたかというの、想像がつきますね。

**三島**　やっぱりグロテスク美だね。それより、デフォルマシオン。とても強くしみこんでいる。歌舞伎を通してものの見方というのをおそわるんだよ。というのは、芝居では、ここにおいてあるこういう茶碗というものは、ただの茶碗じゃないんだ。これは劇で重要な茶碗である以上は、この茶碗が重要であればドンブリぐらいの大きさでもかまわないんだという常識が頭にはいっちゃうんだ。そういうふうに芝居がはいってくるわけだよ。そうすると、舞台の上に現われる茶碗でも、ほんとうの茶碗でなければならない、というリアリズム演劇の考え方ではいっていった人と、頭の構造が違うんだ。すべて手段化されちゃうんだ、劇に向かってあらゆるものが。目に見えるもの全部がね。

**石原**　ぼく、子どものころ歌舞伎を見なくてよかったな。

**三島**　いやいや。見なくちゃだめだよ。もう一度引き返して見ていらっしゃい。（笑）

**石原**　そうかしら。

**三島**　でも、石原さんが歌舞伎やり出したというのはおもしろいことだよ、非常に。

**石原**　ぼくは、もっと単純なことなんですよ。つまり時代小説とは違うんだけれども、自分のイマジネーションをほんとうに駆使するには、歌舞伎のほうが、しやすいような気がするんですよ。それは全然、その前に歌舞伎のルールとか、あってもなくてもいいので、もちろんいろいろ抵抗を受けるだろうけれども、ただ歌舞伎のほうがしやすいということだけだな。

## 自己放棄のおもしろさ

**三島**　ただ、役者がやってくれませんよ。こっちにとって興味があるのは、誇張された様式でしょう。われわれは、というのはイコールわれわれは退屈な近代人だから。ところが、彼らは退屈な近代人になりたがっているんだもの（笑）。われわれをとっつかまえて、退屈な近代人の芝居をやりたがっているんだもの。そうすると、彼らの考えとぼくたちの考えとは、ちょうど逆方向なんだよ。そんな大時代なものできませんということになるよ。ぼくは、大時代なほどおもしろいんだけど。ぼくがはじめ歌舞伎を書いて本読みしたら、みんな笑うの。こんな大時代な歌舞伎見たことがない……。

**石原**　それ聞いた。たとえば扇雀なんかでも、新作お書きになるんでしたら、三島さんみたいなあんな形式的な大時代なものはだめだ、というんです。

**三島**　それ、とてもよくわかるんだ。食い違いなんだ。はっきり逆なんだ。そのへん、おもしろいよね。――だけど、あなたの心の底にあるものは、ぼくと似ていると思うんだ。だって、あなたが近代小説を書いている以上、やっぱり興味があるのは敵方であって、自分じゃないだろう。向こうにほんとの興味があるのは、やっぱりそういうものはないんだよ、あなたなんだよ。そこでどうしても夢と現実とが食い違ってきますよ。だから、歌舞伎や、日本の芸能関係の人は、みんな洋食好きですからね。背広着て洋食食べるの、とても好きですよ。というのは、それだけ、そういうものにうえているわけですね。

**石原**　そうすると、三島さんの『帯取池(おびとりのいけ)』というのは、三島由紀夫の文学活動じゃないわけだな。

**三島**　どうして？

**石原**　だって、そういうことじゃないですか。

**三島**　つまりぼくの自己放棄だよ。自己放棄のおもしろさだよ、いわば。

**石原**　やっぱり三島さんの、ふつうの新劇に対する態度と違うでしょう。

**三島**　それは違いますね。ある意味で、非常に歌舞伎を冒瀆しているのかもしれない。

**石原**　それはそうだな。（笑）

**三島**　それはセリフ劇書いたほうがおもしろいよ、現代劇のほうが。

**石原**　たしかにぼくなんか、この間はじめて書いたけれども、そういうものになぜ興味をもつかというと、自分のイマジネーションがどんなふうにグロテスクに定着されるかという興味だけだな。

**三島**　裏切られますよ、その楽しみは。必ず裏切られる。あなたのいやなように、向こうがやってくれますよ。もうぼくは断言していい。

## 歌舞伎役者は誇張をおそれる

石原　ぼくは、だから、あの芝居は、歌舞伎役者が心理劇と読み違えることはしないように、最初に立ち合うつもりですけどね。

三島　いくら言ったってむだですよ。そう読みますよ。役者が強いんですから。ことに菊五郎以後の歌舞伎では、役者が誇張をおそれるという気持が非常に多いんですね。それで歌舞伎がつまらなくなった。いま歌舞伎でいちばんおもしろい役者は、大阪に林又一郎というのがいる。あれが、ただ一人残った、むかしのグロテスク歌舞伎の残骸じゃない？　一度、大阪に行ったら、又一郎の芝居見ていらっしゃい。こっちが恥かしくなりますよ、あまり大時代で。

石原　どこの一門ですか。

三島　あれは成駒屋の一門で、鴈治郎の親戚です。もう年ですけれどもね。

石原　逆のことですけれども、新劇に非常に欠けているというもの、あるでしょう。

三島　ありますよ。こんど新劇のほうは新劇のほうでね、歌舞伎や、お能や、狂言からそういう様式化されたものだとか、心理主義をこえるものを求めているでしょう、いつも。そして求めて、それでできるかというと、それでできないんだよね。やっぱり長年の肉体訓練とか、長年の世襲制度から出てきたそういう毒々しい、牡丹の花みたいなものが身につくわけはないね。ぼくは新劇役者に歌舞伎やらすんだったら、いちばん写実主義的な風俗劇的な台本捜してきて、文化文政時代か、もうちょっと前ぐらいのを捜してきて、それをそのままにリアリズムでやるんです。セリフなんかも、いっさい、ふつうのわれわれの日常会話と同じイントネーションでやらせるんです。それがうまくできれば、もう刀のさし方が下手でも何でもかまわない。

**石原**　変なこと思うんですけれどもね、たとえば刀のさし方が変でもいいというわけでしょう。むかしの侍というのは、大体みな同じように刀さしていたんでしょうね。

**三島**　それは疑問だと思うよ。

**石原**　そうですか。つまり道はもちろんペーブしていなくても、カミシモはいつもきちっとして、ハカマはちゃんと筋がついていたということないかしら。

**三島**　そうでもないだろう。新選組のあれ読んでも、いろいろ……。

**石原**　あそこになったら、崩れているでしょうけれども。

**三島**　ぼくは必ずしもそうでもないと思うね。だらしのないのはだらしないし、いろいろのがいたんじゃないかと思うね。

石原　つまらん想像ですけれども……。つまり新劇の役者が歌舞伎をうんぬんということじゃなしに、ぼくなんかやっぱり三島さんを新劇の中でアキューズしたいことがあるんですよ。それは、いちばんはじめにおっしゃったように、自分のセリフというものを、そういう小さな宇宙の中でしゃべらす、そういう緊迫感みたいなものというでしょう。だけどぼくは、それが大劇場の中で与えられるということの中に、三島さんの態度が鮮明に出ていると思うんだけど、やっぱり三島さんは、演劇というものを、方法とか、そういうこととしては信じていらっしゃらないわけですね。

三島　演劇の方法とか新しい形式、何にも信じてない。

石原　だけど、ブレヒトをかつぎ出すわけじゃないですけれども、どうも新劇というものは、小さな舞台に孤立して、ある宇宙というのは、舞台ではソリッドであるかもしれませんけれども、決してそれが、小さいなりに観客というものを全部含めて、七百なら七百、五百なら五百の小屋でソリッドにあるという気がしないんですよ。いつも観客が小さな宇宙の外にいるような感じがする。作者も役者も、中にいる中にいると思っているけれどもいつも外にいる。

**三島**　それは額ぶち舞台ということじゃないの。

**石原**　まあ額ぶちでしょうね。

**三島**　つまりアメリカのシアター・イン・ザ・ラウンドみたいに、お客が三方にいればどうだろう。

**石原**　そういうことじゃなしに、もっと抽象的な意味で額ぶちと言ったんだけれども、ぼくはそういう感じしますね。まあむかしから、岸田〔國士（くにお）〕さんなんか、観客と舞台のコンベンショナルな、なれあいを絶ち切るとか言いましたけれどもね。ぼくはその運動を学生のころに見ましたよ。舞台から、おそろしい格好をした女優たちが観客の中におりてくる。ぼくは、こんなことでなれあいが絶ち切れたら大したものだ、これは全くなれあいの最たるものだ、と思ってみた。新劇を見ているといつもそういうなれあいがあるな。

**三島**　そうすると、商業演劇のほうがいいか。

**石原**　そうじゃないですよ。商業演劇も困るけれども、新劇がいままでもっている、そういう小さな、つながりといったら、コンベンショナルななれあいだけの宇宙を、ぶちこわさなければならないような気がするんですよ、何らかの形でね。

三島　それは実際そうなんでね。それをぶちこわせれば、それにこしたことはないんだけれどもね。いま、それにかわるものはないでしょう。新劇ぶちこわせば、こんどはいきなり商業演劇になっちゃう。

石原　そうなんですよ。

三島　そして、鏡花の『海神別荘』なんていう芝居やれば、お客が、「あれ、まあ、あの家、あれ、海の中に家があるよ。よく水がしみこまないね」なんて言っているんだものね。そんな客相手に芝居やっているんじゃ、ほんとにかなわないよ。『鹿鳴館』なんかも新派がやって、水谷さんなんか非常によくやっているんだけれども、各役者のセリフが全部お客に反応していないということ、よくわかるね。筋追っているんだよ、どうしても。筋がだんだん緊迫してくれば、みんな喜んでいるけれども。

## 三島文学の良き理解者とは

石原　たとえば三島さんの『鹿鳴館』なんかの中に、「なんとすばらしい秋晴れの朝」というとこがあるでしょう。ああいうものだったら、やっぱりあそこまでセリフが緻密になればわかりますよね。ほんの序幕でも、観客との結びつきはあるけれども、でも、それは非常に稀有な例だと思うな。三島さんのレパートリーの中でも、そうだと思いますね。

**三島**　まあ珍しいほうでしょうね、そういうのは。でも、ぼくは『鹿鳴館』一つ書いてあきちゃって、もう『鹿鳴館』と同じようなもの、書く気しませんけどね。

**石原**　そうでもない。『十日の菊』なんか似ていましたよ(笑)。三島さん、しかし、自分の芝居の途中でお客が帰るということ、信じたことないでしょう。

**三島**　おれ、絶対信じない。おれの芝居見だしたら、絶対席立てないよ。おしりがいすにくっついちゃって離れないよ。(笑)

**石原**　実にしあわせな誤信だと思う。ぼくはいつも、そういうものに対して、何かそわそわする、どんなに自分はすばらしいと思っても、やっぱりまわりを見る。三島さんというのは、客が立って帰っても……。

**三島**　それは、うちで病人が出たとか、うちが火事になったとか、そういうことに決まっているもの。途中で帰ったやつ、いた?

**石原**　いたよ。

**三島**　それは気違いだろう。正気な頭をもったら、そういうことあり得ないよ。

**石原**　帰った客というのが、三島由紀夫文学のいちばんの理解者かもしれない。

三島　芝居ということに関係してくるけれども、ぼくの中で、何を書いても何をやっても絶対に崩れない、ものの形というのがあるんです。それは音楽と同じで、はじめクレッシェンドから来て、徐々に高まって、終わりの少なくとも三分の一のところでクライマックスが来て、それからアンチクライマックスがあって終わる。ぼくは絶対この観念が抜けないから、新聞小説書けないんだ。新聞小説頼まれて失敗したこともあるけれども、やっぱりクレッシェンドではじめちゃうんだ。そうすると、はじめの少なくとも三四十回は、何だか全然わからないんだよ。そして、あとになって、あ、あれがここにつながってきた、あ、あれはこういう意味だったのか、ということがわかるように書いちゃう。新聞小説では絶対にそれをやったらいけないからね。

芝居は現在進行形……

石原　そういう意味じゃ、新聞小説というのは、どこにもクライマックスがあって、どこにもないですね。

三島　どこにもあっても、ないようなものですが、けっきょく最初が大事でしょう。ぼく、その最初が大事ということができないんです。最初が大事だからこそ、最初にトランプの札をかくして展開するというやり方しかできないんですよ。どんなことをしても、そう。

**石原**　ぼくも、芝居に関してはそうだな。スーッと幕があがって——たとえばいちばん最初に書いたときに、「ああ、月がのぼった。花がきれいだ」というでしょう。石原慎太郎が芝居を書いてあんなこと言っている、といって笑うんだ（笑）。浅利（慶太）なんかも、どうもあれは……という。大阪で公演をやったときに、「たいへんだ。坂本さんがやられた」とかけこんでくるように直した。しかしやってみると、あとで浅利が、やっぱり前のほうがよかったとわかる。劇の当事者が、おかしな錯誤をしていますね。ぼくは、劇というのはそれでいいと思う。小説としては問題あるだろうけれども。

**三島**　でも、小説も書き出しは非常に大事だけれども、書き出しが大事なことと、新聞小説の書き出しというのと、意味が違うなまるで。ぼくは、戯曲を書くときのいちばんのスリルというのは、こういうことなんですよ。

幕あきに、あなたとぼくが対話しているわな。そして、「いや、戦争中、きみ何してたんだ」「うん」というような話するわね、過去の話をね。だけど、それは過去の話じゃないいんだね。というのは、あなたとぼくの話に、いま現在進んでいるんだから、そして、「ここの家はこんな家だけれども、あのときもうけたヤミ商売の金が、こうこうころがってこういう家になったんだよ」というような話をする。「まあ戦後の成功者はみんなだめになっちゃったけれども、きみぐらいだね、生き残っているのは」ということを話す。それはみんな現在の話だろう。現在の話をしながら、それが劇の一部分でありながら、同時に過去がそこにはいってくるでしょう。それがぼくはとてもスリルがあっておもしろい、芝居書いているときに。小説なら、そんな必要ないんだもの。彼は戦争中何々していて、戦後、新橋のヤミ市でこういう商売をしたのがあたってこうなったのである、ということでできるでしょう。過去は過去、現在は現在ですよね、小説の場合は。芝居はいつも現在進行形なんだからおもしろい。

**石原** ぼくはとてもよくわかりますがね、劇作の立場に帰らない人にとっても、いまの話、すごくおもしろいと思うな。

**三島** ほかには、こういうものないですよね、小説でもないし。全然ないですよ。

**石原** そういう、文学座とか小劇場でやられるシリアスなものと、商業劇場でやるものとの、書かれるときの意識の違いというのは、どういうところですか。

**三島** 『黒蜥蜴』はずいぶん歌舞伎を意識的に取り入れましたけれどもね。あれ、ワグナーの音楽で水谷八重子が早がわりするところは、見ていていい気持だった、ほんとに。そしてその早がわりの技術、これは全然文学外のことですけれども、ぐっと変わってきてから、衣装が変わって体を斜めにしてお客のほうに見せるときの、その変わるときのうまさね。そういうのは、新劇の役者がいくらやっても、ああいうことはとてもできないでしょうね。そういう大きな劇場に書くときには、作者の楽しみがありますね、それだけ。お前の書けない技術を見せてもらえるというね。でも、根本的には、ぼくに、商業演劇書くときと新劇を書くときと、考えの違いはない。

やっぱり劇場の大きさとか俳優の技術とか、そういうことで判断するので、根本的には考え変わらない。

**石原**　そうですか。劇の本質というもの……？

**三島**　それは全然変わらない。

**石原**　三島さんというのは、おそらく、ぼくなんかよりも、機構とか、そういうものにのみこまれるおもしろさを味わい得るたちの人じゃないかな。

**三島**　劇場の機構？

**石原**　そう。

**三島**　そういうこと、とても好きですよ。たとえば役者の出入りの効果とか、舞台でどこまでがお客から見切れちゃうかということの計算だとか、そういうことするの大好きですね。

石原　ぼくは、モノローグの中に人間が出てきて——このダイアローグであっても、結局一人のモノローグに集約されたような芝居が好きですね。

三島　じゃ、ほんとうに劇が好きじゃないんだ。

石原　どうかしら（笑）。もちろん劇というのはダイアローグでしょうけれどもね。非常にそういうものに引かれるな。役者信じてないからね、すこしそうなる。

三島　ぼくは、だけど、ちょっと信じているんだね。転変不可思議な、神変不可思議な能力をもった人種、ぼくたちと全然違う人種だと……。

石原　映画に出るまでは、役者信じていたんですよ。（笑）

三島　あれからますます信じた。自分の中のかくされた能力……。ただ、また芝居書いている楽しみのことを言えば、芝居がクライマックスになって、プロタゴニストとアンタゴニストが対決しはじめると、自分の中で、全然違う人格が二人動いてきて、こういうふうに動いてぶつかってくる。一人で格闘をやっているような、ああいうおもしろさというのは、ほかではないんだ。もちろん小説でも、そういうクライマックスはあるんだけれども小説のクライマックスというのは、そうそう会話だけで運ぶわけにいかないから、あんたとぼくがけんかしているシーンがあれば「そのときふっと外の三日月が鮮かだった」とか、「ときどき下の工事場の車の音が、窓から会話の間にひびいてきた」とか、そういうこと書かなければならないだろう。小説の実に低俗な要素だけれども、そういうもの、いるんだからね。そこで、どうしても気分が冷えちゃうんでしょう、小説書いていると。芝居が熱してくるとね、もう手が離せないものね、ペンから。

**石原**　だけど、小説の中で、自分をだましながら劇をつくっていくということだって、あるんでしょう。『十日の菊』の兵隊の生き残りがいるでしょう、むすこが。あそこなんか……。

　ぼくは三島さんの芝居の中で、あれ、いちばんうそだと思うんですよ。

**三島**　うそだね。

**石原**　読んだときは、ぼくも、ふうーんと思って読んだのだけど、芝居見ると、三島さんがねじ伏せたけれども、役者にうつっちゃうと、うそがうそとして出てきてしまう。三島さんがいちばんわかったんじゃないか。

**三島**　あれ、おれのいちばん信じてない人物だね。あれ、もっと戯画化すればよかったんです。なまじシリアスに書いたので、なおおかしい。

**石原**　あれは、見ていてとてもおかしかった。

三島　ちょっとおれらしくもない。いやだね。あれじゃやっぱり大臣だよ、いちばん書きたかったのは。

それを中村伸郎さんが非常にうまくやった。非常にうまかったんです、中村さんの大臣は。

ほとんど劇評家の間で評判にならなかったけれども、すばらしい演技だった。

（昭和三十九年三月）

# 作家の女性観と結婚観

## ニューヨークのハイ・ティーン

**石原**　半年ぶりですね。今日はひとつ僕がいろいろ聞き役になっておうかがいしたいんだけど。はじめは十一月に帰る予定だったんでしょう？

**三島**　そのつもりだったんですよ。それが延びちゃって、やっと帰ったばかり。

**石原**　お留守の間に、こっちはいまやロッカ・ビリー時代といわれているんですが、アメリカでもそうですか。

**三島**　向うじゃロック・アンド・ロールですよ。タイムズ広場（スクエア）の劇場なんて、えんえん長蛇の列でね。それがティーン・エイジャーばかりなんだ、一体ロッカ・ビリーとロック・アンド・ロールと、どう違うのか分らないですね。

**石原**　向うじゃロック・アンド・ロール、プラス、ヒルビリーでしょう？

三島　そうかもしれないね。まだプレスリイなんか大変な人気ですからね、衰えたといえども。

石原　アメリカの、なんかワイワイ騒ぐすさまじさは、日本以上だと聞くんですが、そうですか。

三島　プレスリイに対する大騒ぎは大変なもんだよ。映画を見てあんなにワイワイいうのは、ちょっと見たことがないね。

石原　そういうのを見てて、頽廃のエネルギーというものを感じますか。

三島　まだ分らないんだよ。女の子——妙なトレアドル・パンツをはいてるのは、ハイ・ティーンに限らず、グリニッジ・ヴィレッジ（ニューヨークのマンハッタン十丁目以南にある芸術家の卵の沢山住んでいる町。ストリップ・ショウでも有名である）じゃ、みんなそういう恰好をしてるものね。グリニッジ 村(ヴィレッジ) の料理屋あたりには、女の子がスラックスで平気で入って来ますよ。そうかと思うと、ものすごい零下何度という寒い日に、脚をむき出しにしてくる女の子がいるんだよ。半ズボンみたいのをはいてね。それからミシガン大学に四、五日いたんだけれども、そこじゃ夜バーに騒ぎに行くんです。バーではビール以外出さないんです。そこで女の子も一緒にビールを飲んで、大きな声で応援歌を歌ったりして騒ぐんだよ。教授なんかも仲間に入って騒いでる。

一つのテーブルで話をするのにも、叫ぶような声を出さないと聞えない。そのくらい大騒ぎをしてる。

デイトというけれども、女の寄宿舎に男から電話がかかってくるのなんて、しょっちゅうだからね。僕の知ってる女子学生の隣室にすごい美人がいるんだよ。それと同室にいるもう一人の女の子はあまり美人じゃない。そうすると朝から晩までその美人のほうに電話がかかって、ブスのほうは電話がかからないんで、とうとうノイローゼになって、学校をやめちゃったんだそうだ。（笑）

**石原**　自分のほうに全然電話がかからなければ厭世になるだろうね。そりゃ無理はない。

**三島**　男は腕力がないと——更に腕力よりもお金がないと駄目だね。色男、金と力がないと駄目なんだね、いまは。女は美貌がなければやっぱり敗残者になるだろうね。

**石原**　この間、アメリカにすごい犯罪があったでしょう、次々に十人を射殺して、恋人をさらって逃げたというのが……。

**三島**　ありましたね、十九歳の少年だね。

**石原**　ああいうものが出て来る可能性はあるんですか、ハイ・ティーンを見て。

**三島**　おそらくあるでしょう。学校でも、人種的偏見はつよいしね、グループが——

それぞれグループを作って、のけ者にされるとかさ。だから規格からはずれた奴は、寂しくなっちゃうんだね。セントラル・パークで射撃の練習をしていて、通りかかる奴をみなブチ殺していたという事件もあった。少年犯罪がしきりにあって、いろんな悪徳が平然と行われている。ところがそういった連中はたいていがダック・テイル（あひるの尻尾）と称する特殊なリーゼント・スタイルだね、とにかく危いんだよ、非常に。

## 東京のハイ・ティーン

**石原**　こっちに帰って来てどうですか。アメリカの男の子や女の子と比較して、向うのほうが、やっぱり凄い？

**三島**　でも銀座あたりを歩いてみると、与太者と素人の区別がつかないな。

**石原**　本当にこの頃は全く分らないな。何を考えてるか、わけの分らないのが、たくさんいるナ。僕がそんなことを言うと、あなたがそんな弱音を吐いちゃ困るってよく言われるけれど。

**三島**　そうだ。二十二、三の人に話を聞くと、「いまの十七、八の奴は何を考えてるか分らない」と言うもの。それは分らないんだよ、全然。

いま銀座をブラブラしてるのだって、集まっちゃ喫茶店でお茶を飲もうよといって、ゾロゾロ喫茶店の前まで行って、中をのぞいてさ、「ああ、混んでる。よそうや」——今度は映画館の前に行って、スチール写真を見て「つまんねえ、よそうや」——それから「お茶でも飲もうよ」といって、その辺をブラブラしてるうちに、一日経っちゃうんだろう。

その間になんかいいカモがひっかかるかと思っても、あなたの小説みたいに具合よくはいかない（笑）。この間も、ある奴が男二人で土橋の上で夜の十一時半ごろに、女の子をナイト・クラブへ誘い込もうと思って、二十何人もの女に声をかけて、断られたそうだ。

**石原**　それはまさか三島さんじゃないでしょう。（笑）

**三島**　僕じゃないよ。僕だってやっぱり断られるだろうけどね。小説に書いてあるように引っかけるのも、難しいらしいですね。……あなた、僕の留守中の話で、何かありませんか。

**石原**　三島さんの留守中は、日本中シンとしていました。（笑）

**三島**　僕はさっき外国のハイ・ティーンの悪口を言ったけども、勉強する奴は、気違いみたいに勉強してますよ。あれは日本人よりもしてるんじゃないかね。僕の知ってるのは大学の秀才で、これは男だけども、毎晩デイトするんだそうだよ。大体八時ごろから出かけて行ってね。そして十一時か十二時ごろ帰って来て、それから友達とポーカーをやるんだって、二時ごろまで。更にその後で勉強するんだって、二時間位。ああそうそう、そのデイトする前まで勉強してるんだって。それでまた、朝、学校に行くまで勉強するんだって。そういう生活をしてる秀才も、ずいぶんいるよ。向うはそのくらいしなきゃア、実際は一人の男として生きて行かれないという考え方もあるんだね。

**石原**　頭だけじゃなくて肉体的にも、タフなんでなけりゃね。そうじゃなけりゃモテないてえのは日本でも同じだな。

向うの学生街はどうですか。

**三島**　それは実に清教徒的なものですよ。裏では何をやってるか知らないけれども、表面は清らかなものだね、実に。

**石原**　ティーン・エイジャーがティーン・エイジャーらしく、意欲のおもむくままに行動してるのはニューヨークですか。

**三島**　ニューヨークとかシカゴですね。あそこは無教育の人間も全く野放しの状態だからね。そして危険な町でもあるし……欲望がむき出しになってると言っていいだろうし、何しろ人間一四五百ドルで殺されるというんですからね。

## 女の魅力の輝くとき

**石原**　でも三島さんは、女性にチャームされたことがある？　これは興味がある。

**三島**　つい先日「アリババ」に行ってね。……「アリババ」のマダムは織田作の未亡人だろう。店がカンバンになったんで、彼女、しきりに伝票を調べてるんだよ。僕がそばで茶々をいれながらさ、「君の伝票を見てる目は、実に魅力的で、恋人を見てるみたいだ」とからかったけれども、女の人って、そういう仕事に夢中になってると、綺麗になるんじゃない？　ショーウィンドウの中に何かを見付けたときもそうだしさ、相手が伝票に限らず……。

**石原**　あの巧みな逃げ方――アメリカの女のことを聞いてるんですよ。(笑)

**三島**　ニューヨークのオフィスに働く女の子は、大変好きだったよ。みんな美人でね、適度に愛想がよくて、いい意味の色気もあるしね。そして実に親切だ。男はアメリカ式のノドで発音する発音で、威張った感じだけれども、女の秘書とか、タイピストなどは実に好きだったナ。ああいうメカニック（機械的）な無意識な色気は、どうして日本じゃ出ないんだろう。

**石原**　しかしそれは本当の意味で性的な魅力とは違うんじゃないかしら。

**三島**　それはどうなんだろう、分らないね。女がノビノビしてるかもしれないね。自分の性はあまり意識しないでね。そういう意味で、かえって色気が出てるのかもしれないね。

近代的なオフィスの中で、日本のオフィスではともすれば見られるようにオールドミスが意地悪な顔をして坐っているんでなく、実に潑剌とした女が、シューッと立ったり坐ったりする美しさ。ああいうものは画に描いたような色気だね。とにかく顔を覚えられて、「ミスター三島、ハウ・アー・ユー？」と言われると、その「ハウ・アー・ユー・トゥディ」と云われるだけで、実に魅力がある。

**石原**　逆に女がいやらしいと思われた点はどういうところですか。

**三島**　僕は女のいやらしさというものは、あまり感じなかったナ。僕は女の執念とか女のものすごい物欲だって、みんなキレイだと思っちゃう。みんな美化しちゃうもの。

**石原**　女が男に対する性の差を意識して、その差を押付けてくることがあるでしょう。あれはいやだナ。

**三島**　それは日本の甘さだと思うんだよ。女が売りものの点では、アメリカは日本より余程ひどいよ。日本の女は甘んじて、あるいはふてくされて売りものになるか、それとも私、売物じゃありませんと言うか、そのどっちかだね。そんなことを言うと女流作家は怒るかもしれないけども、あれだって女が売りものだからね（笑）。もうこういう話はやめようよ、怖い、怖い（笑）。石原さんはどういうところに女性の魅力を感じますか。

**石原**　このごろ、女の子と遊ばないから駄目だよ、僕は。

**三島**　とにかく日本の女の子にはキリリとした魅力はないよ。それは可愛いのはずい分あるよ。ほんとうに可愛いのがいるよ。しかしキリリとしたのもいいもんでね。日本にはむかし深川芸者かなんか知らないけども、キリリとした女がいたでしょう。僕はそういうのにどうしても弱いから。

## 才女時代の文学者

**石原**　才女なんてのは、三島さんが向うにいらっしゃる前は、あまりはやっていなかったんじゃないかナ。

**三島**　もうはやっていたよ。「挽歌」が出たりしてさ。でも女性には、天才というものはあり得ないんです、理論的に。紫式部はあれは男だという説があるんだね。非常に認められない説だけど、僕はそれに加担してるんだ。

**石原**　それは男が立てた説だね。でも、才女って、そういうことじゃないでしょう。ようやく女性の社会的地位が、極くひ弱な形で認められたということじゃないかしら……。

**三島**　僕は平安朝の女は立派だと思う。和泉式部の日記のいいこと、洗練の極致だね。贅沢のし放題の限りの女だろう。女のいい文学者をつくる――それには贅沢三昧をさせて、男を男と思わず、驕慢の限りをつくして作ればいいですよ。岡本かの子はそのいい例だね。与謝野晶子もそうだろう。幸田文は別の意味で好きだね。一葉も入れていい。

幸田文の精神的贅沢というのは、親から仕込まれた贅沢で、普通の男はかないません。女は贅沢しないと絶対駄目です。林芙美子は贅沢してから、いい小説を書き出したよ。宮本百合子みたいに贅沢を拒否しちゃうといけないんです。一度贅沢を拒否した女はカラカスしか残らないんです。

**石原**　精神的贅沢ということを具体的にいうと、どうですか。

**三島**　宮本百合子なんかは精神的に贅沢をした女だとは思いません。自分で自分を限定した女です。幸田文は、女の受動性を最高度に活用して、父露伴を吸収した。しかも精神的の贅沢をあれだけしてる女はいませんよ。そういうことは女の文学者にとって決定的ですよ。

**石原**　女の受動性というのは、女の最も美しい天性だと思うね。大体女というのは、贅沢して、豪華に育って行くものでしょう。しかしなんというのかナ、風俗的才女というものの中には、変に能動的な女がいますよ。

**三島**　ジョルジュ・サンドだね、つまり。

**石原**　それは嫌だね。ということは日本の女性の進展がまだまだということだ。

**三島**　この世の中には、意識と存在の二つしかないというんだね。女はもともと存在なんですよ。男は意識だから芸術を創るんです。そうして自分の存在証明をしなければならないんだ。たまたまそういう考えが強められたのは、あるとき円地文子さんに会って――円地さんは『美徳のよろめき』を批評して、「あれはやっぱり男の書いた小説であり、男の描いた女だ。というのは女には絶対他人(ひと)にもらさない秘密がある。そうした女だけの知ってる感覚は、男には絶対想像のできるものじゃない。それは結局、女の作家が表現してすら、嘘になっちゃうかもしれないという、おそろしいものがある」と言ってたけども、それは女が存在に根を下しているからなんでね、男にはそういう存在性がないんだよ。だから男は仕方なく、自分の芸術を創って、それを証明してるにすぎないんだよ。たしかに僕ら女に対しては、いくら考えたって分らないよ。分らないからそれを一心に追究しようとするよ。

女にはそうした根本的モチーフが欠けてるわけだ、存在するだけで充ち足りてるんだから。ところが男なんて芸術を創るとか建築を作るとかしなければ、いるかいないか分らないもんですよ。（笑）

## 作家の仕事と結婚観

三島　ところで作家の結婚観というものを一つ伺いたいナ、石原さん。

石原　結婚観なんてのは、結婚しない人のほうが持ってるんじゃないかナ……。

三島　まアそうだ。それがあえなく崩れるだけの話だ。

石原　結婚なんてのは、ある一つのアン・フォルメル（表現不可能）な実態ですからね。

三島　ああそうか……。いま僕は人生の別れ路と思ってますよ。正直の話、荷風（永井）式の生活をするか、どっちかですよ。……二、三年結婚しなければ、一生しないかもしれませんね。本当のことを言えば、文士は結婚しなくてもなんとかやってくんでね。銀行家や外交官とちがうんだからね。

**石原**　三島さんが結婚したら、その結婚式ほど盛大なものはないだろうね。いろいろな意味で。

**三島**　そんなことないよ。そういうときは逃げ道を考えるんだね。

**石原**　考えたほうがいいナ。奥さんが可哀そうだ。

**三島**　しかし僕は女の子と付き合っていて結婚しましょうということは絶対言いません。言わないからといって愛してないというわけじゃないですよ。けれども結婚しましょうとは言いませんよ。言ったら詐欺ですよ。

馬鹿な女性はそういう場合、自分のほうから結婚してと言うでしょう。そうしたら、こっちの愛情がさめる場合がある。もう少し利口な女性は、あなたとは結婚なんか考えてないからと、投げ出してしまう。もう少し利口なのは、一言もそういうことを言わない。そういう点でひきずられるね。永遠の対立でね、どうしようもないことはあるね。

**石原**　僕は結婚しちゃってるから、結婚の前提なしに恋愛するほかないな。

でも、このごろの女性は——例えば僕がクヨクヨと言訳すると逆にたしなめるね。遊んでいる相手に、突然「坊やは大きくなった？」なんて言われたりして、あわてちゃうことがよくありますよ。それは女性として発展かなんか知らないけれども、僕なんか考えて、ちがうものの感じ方があるわけですね。結婚しようと言うようなことは、男がふりかざす武器みたいなもんだったが、もう殺し文句になってないわけですよ。だから遊んだつもりが、逆に、遊ばれたことになる。（笑）

**三島**　いい御身分だナ、遊ばれたというのは（笑）。僕なんか一度もそういう経験がない。

**石原**　いやいや、そんなことないですよ（笑）。しかし、三島さんのような男性に惹かれる女性は、ちょっと頽廃的だね。

**三島**　そうかしら……。まともな人は僕のところに来て、頽廃的な人はあなたのところに行くと思ったけれどもね（笑）。味が分らないんだね、ふつうの女性には。だから来ないんでしょう。

**石原**　現代の恋愛で、どんなことでも真情をもたない人間というのは一番つよい気がするね。

**三島**　僕のことを言ってるのかしら。（笑）

**石原**　あるいは。（笑）

**三島**　石原さんは教祖型人物で、具象的なんだって。誰かの批評によると……僕とちがうんだナ。僕は歳をとると少し安定するかと思うけれども、三十すぎてもだんだん破れかぶれになって、八方破れになっちゃったね。つまり、何をしても無駄だと思っちゃうんだよ。

**石原**　それは逆に、女性について強烈な理念を持ちすぎるんじゃないですか？

**三島**　そうかもしれないね。三十すぎるともう少し利口になると思ったけれども、駄目だね。

**石原**　ということは非常に青年だということですよ。

**三島**　しかしなんだね、たとえば野原に出て、花が咲いてて、鳥が歌ってたりして、そのとき女の子と歩いているとすると、僕はしらずしらず気むずかしい美学者になっている。そのときに女がへんなことを言わないでくれればいいと思う。もし彼女がレミ・ド・クレルモンの詩を思い出すとでも言ったら、それで全部おしまいだ。

**石原**　そのとき女が言わなければならない言葉というのは、ちゃんと三島さんの胸の中に書かれてしまってる。そういう男は女にとってつらいね。こんな男と一々意識して交際していたらさぞつかれることだろうな。

三島　そうそう。「春っていまごろが一番気持がいい」とか「ちょっと暑いくらいが好き」だとか「あの鳥、あたくし子供のときに飼ったけれども、飼うのにむずかしい鳥ね。だけど野原で歌ってると可愛い」とかね。その通り言ってくれればいいけれども、別なことを言い出すと困る。僕はそういう点、病、膏肓に入ってますね。そういう場合に気むずかしくなるんですね。ふだんは気むずかしくないけど。

石原　「石原慎太郎の小説――」なんて言おうものなら、もう駄目だ。(笑)

三島　けれども僕は結婚すれば、波風の立たない家庭をのぞむね、絶対に。人間同士のトラブルほど嫌なものはないんだ。喧嘩はきらいだしね。トラブル・メーカーの奥さんは貰わないようにしなければね。

石原　ただあまり気がつきすぎる女房でも困るわけですよ。それから「あなたの今月の小説はよかったわね」と言われたりすると、すごく感じると思うんだ。こんなこと言われれば、大変な負担だと思いますね。

三島　あなたは結婚したときに、奥さんとなんて言いかわしたの？　たとえばこういう場合に、やきもちを妬いてはいけないとか、自分の作品を読んでは困るとか……。

石原　僕の女房でも、僕のものを読みますよ。だけどね、読みにくいから中途でやめちゃってる。「筋はあと、どうなんですか」くらい聞くんです。これは非常にいいんだな。

**三島**　それは可愛いやね。ほんとうに可愛い奥さんだナ。僕、見ないうちに惚れちゃった。よろめかしちゃおうかな……。（笑）

（昭和三十三年四月）

# 「教養」は遠くなりにけり

## 女装の石原慎太郎氏ブラジルの夜を行く

三島　おかえりなさい。君、ブラジルのカーニバルで女装したでしょう。女装の写真を手に入れて、見たよ。
石原　えッ、ひどいひとだな。
三島　うちじゃ引っぱり凧。なんて妖艶なんでしょうと言ってな（笑）。扇子を口に当てて、ホホホと上を向いたのがあるだろう。
石原　知らないよ、そんなこと。
三島　向うで大腸カタルをやって、二週間寝込んだって……。
石原　胃ケイレンですよ。すごく下痢して弱っちゃった。でも南米じゃ肥っちゃってね、二十二貫あった。今は二十貫。

**三島**　とにかくコースを教えて下さい。

**石原**　日本を出てハワイ、ロスアンゼルス、それからハリウッドにちょっといたけれど、ぜんぜんつまらなかった。それからパナマに寄って……サンチャゴに行き、南下してプエルトモントというチリの陸地で続いた一番最後のところへ行った。アルゼンチンに渡ってパンパスを北上、ブエノスアイレス、リオディジャネイロに行き海を渡ってリスボン、マドリッド、サウジアラビア、エジプトと回った。一番三島さんに見せたいと思ったものは、サウジアラビアの石打ちの刑です。あれはすごかったな。

**三島**　よくそういうものを見ましたね。

**石原**　姦通した男、ひとの奥さんをとった奴を、穴に胸まで埋めて御影石(みかげいし)みたいな硬い石をぶつけて殺すのですよ。

**三島**　それを見ていた……。

**石原**　見ちゃった。三島さん、サウジアラビアにいなくてよかったですよ。三島さんのような人は「袋の刑」にされてしまう。

**三島**　なんだい、それは。

**石原**　向うは女ひでりでしょう。貧乏人は女房をもらえないから、男同士が役場の書記を買収して合法的に結婚したんですよね。それは姦通以上の憎むべき罪で、「袋の刑」なんです。

三島　袋に入れて上から落すんだろう。

石原　僕が行ったときにあったんですよ。三人を一番高いビルから吊っておいて見飽きたら落すんですね。

三島　君はどうしてそういう残酷なことがお好きなんだい。拳闘が好きだし、消極的なサディズムかな。

石原　そうじゃないでしょう。

三島　僕みたいに殴りたいのはサディズムでしょう。人がいじめられているのを喜ぶのは消極的なサディズムというわけだよ。

石原　イラクには行って見なかったんだけど、アラブでテレビのあるのはイラクだけなんですよ。一番人気がある放送が人民裁判の中継です。あそこではカセムが一番人気がある。次に人民裁判の裁判長で、彼の死刑宣告の打率が一番高いそうですよ。それで人気があるんだって。すごいそうですよ、テレビ中継は。プロレスに群がるようにテレビに群がって、判決のシーンになって死刑というとワッと歓呼するんだって。

三島　すごいね。だいたい僕は死刑公開論者ですよ。

石原　僕もほんとうにそう思うな。

三島　死刑を公開すれば、民衆のサディズムやマゾヒズムは満足されるから、安らかな気持で家路について、ゆっくり寝られるんですよ。

石原　石打ちの刑なんかしたやつは銅像にしたらいいよ。

三島　そうすれば変なヒューマニズムがなくなる。サディズムが内攻されて悪い面が出ている。ファッショは内攻されたサディズムが政治形態に悪い影響を及ぼした例ですからね、刑は公開すべきだと思うな。そうすれば大抵そういうことで満足されちゃって、あとはあまり変なことは考えなくなりますよ。

石原　でも僕ね、見てきてつくづく思ったけれども、なにか小説だの文学だのという代物は、文明圏の胎動とか、動きには、なんの役にも立たないということを感じましたね。サウジアラビアへ行って、はじめて教養が何だということがわかりましたね。

## ギリシャ的美男子は金米糖女性にお冠り

三島　旅行中、いろいろ面白い話があると思うけれど、南米の女性なんかはどう？

石原　南米やスペインと回ってみると、女性というのは感覚的なものだけしか感じられませんね。そうじゃありませんか。

三島　教養を問題にして外国人の女を見ないからね。でも、外国の女性というものは、性欲的には嫌いですよ。

石原　三島さん、外国の女の人が嫌いということはどういうこと……。

三島　肉体的に嫌いですよ。とくに肌の感じですね。東洋的な、ねっとりした底になにか沈んだような、きめの細かい肌というものがないもの。とくに、立体的な顔が、非常に嫌いなんです。立体的な顔は、近寄ると邪魔なのですよ、ほんとうに（笑）。角がみんな邪魔っけだよ。金米糖（こんぺいとう）の形を想像してごらんなさい。金米糖が目の前にきたら、顔を刺して痛くてやり切れないでしょう。丸いものが目の前に来たっていやじゃない。角というものはよけいですよ。

石原　自分はギリシャ人であるとおっしゃっている三島さんにしては、彫りの深い女性を嫌うのは不思議ですよ。ギリシャ的じゃない。

三島　ギリシャ人は、小アジアの女性を美しいと思ったんだから、やはり僕はギリシャ人ですよ。（笑）

石原　確かに角のある顔はぐっと近づくと醜く見えるな。

三島　僕は本当に日本の女性に軍配をあげるな。

石原　僕はラテン系の女というものと結婚する気はないな。ただなにか彼女たちは日本の女以上に男に対して依存的ですよ。

**三島**　それはそうです。フランスでもそうでしょう。

**石原**　遊ぶのにはいいけれども、こんなのを背負込んだら、どんなことになるかと思うね。ある通信社の記者だったけれど二、三日つき合っただけでそう思ったもの。メイ・アイ・キス・ユーと言ったら、オフ・コースと言ったよ。南米だと思ったね。

**三島**　ブラジルかい、それは。

**石原**　チリ。

**三島**　そうだろうな。それにぜんぜん言葉が通じないということは、相手が「物」になることだから、セックスの点では都合のいいことだね。相手の感情が見えないし、なにもわからないということはいいことだ。そうしてたとえば、相手がイタリー語で、自分の生活の苦労を訴えてくれれば、ぜんぜん言葉がわからなくても、ある程度わかるよ、そういうものは。

**石原**　わかる、わかる。

**三島**　うちは貧乏で、おとっつあんが失業しているし、おっかさんが寝込んでいるので、あたしは困っているとイタリー語で言われても、イタリー語が一言もわからなくても、こっちは女が何をいいたいのかわかるよ。わかるけれども、ぜんぜんわからない振りができるもの、その点で好都合ですね。日本でそれを言われたら気分が駄目になっちゃうでしょう、しょぼんとしちゃって。外国の女性が相手ならしょぼんとしない程度にわかるよ。（笑）

**石原**　それについては面白い話があるんだ。イタリー系の女だけれども、持っていったテープレコーダーが珍しかったらしいね。部屋に遊びに来た時、たいへん珍しがって詩を吹き込ませてくれと言ったんで、吹き込んだんですよ。自分の声に興奮しちゃって、もう一回聞かせてくれという。またその声を聞きながら長い詩を四本ぐらい録音するんですよ。愛の詩ということはわかるんだけれども、僕はどうもよくわからないんだね。もう一回録音しだしたら、涙を流して僕にしがみついてくるのですよ。僕は肩を撫でたりしていた。ラジオ東京で放送するというので、どんな意味かと思って聖心にいるスペイン人を呼んで、訳してもらおうとしたら、宗教上の理由で訳せないという。仕方がないので外語大のスペイン語の先生に頼んだら、この女性の歌を誦んだ相手の方は、若いハンサムな人でしょうというんですよ。その通りと言いましたよ。するとね、この詩は、オレは妻があるけれどもおまえが好きだという、エトランゼが女を口説いている歌なんですよ。それを代名詞を変えちゃって僕に言っているんですね。そこまでは教養がないから、僕はいい加減な語学で返事したのを信用して、そういう手を使ったんですね。それを僕は漠然と肩を撫でたりしてただブエノ（素晴しい）を連発してたんですよ。

**石原**　そうですよ。

**三島**　ヘエー、愉快な話だね。だけど、僕たち日本の女性を妻にしてよかったよ。

**石原**　一般的に、女のいいところは鈍感なところだと思いますよ。女性は男より人生に耐える能力ももっている。神経の細かさというものは、男性の特権だと思うね。男は知らんふりしているけれども、男のほうがすべてに気がつくよ、絶対にそうだ。

**三島**　絶対にそうだよ。

**石原**　女同士がごく親しい友だちと喋っているのを聞いていると、平気で傷つけ合っていながら、どっちも感じないで平気な顔している。男同士はああ傷つけ合いませんよ。男は相手の弱味が見えたら、絶対傷つけませんよ。女性は完全に相手の肺腑を握って、傷口に手を突っこんで平気で傷つける。両方で傷つけ合いながら、本当に楽しかったわと言って別れている。それが女の会話だよ。だから、芝居の題材には女の会話ほど面白いものはない。

**石原**　結局芝居の観客は男ということだ。

**三島**　女性がどんなに教養をつんでも、傷つけ合うことは、いつまでたっても同じだよ。大インテリも八百屋のおかみさんも同じで、そういう点は絶対に進歩しないよ。

## 妻を二百遍叱っておのれの力を知る

三島　君の奥さん教育は厳しいようだけど、どうしてるの。
石原　僕の家じゃ母がやってくれています。それで日本の姑というものは、すばらしいものだとつくづく感じましたよ。僕の女房なんか、駈出しのねんねだったけれども、二年、三年経つと、日本的なつつましい妻になって、いまさら抜き差しならなくなったな。それがいちばん恐いですよ。僕の家なんか、自分で言うとおかしいけれども、人も羨む家庭だと思う。そうなると家にいると非常に気が休まるんですよ。
三島　そうだ。姑がいなくて、全部自分で女房を教育しようと思ったら、エネルギーを全部使っちゃうことになる。お母さんが、君のいいアシスタントだな。
石原　三島さんは気がつくほうでしょう。たとえば、女の人が寝ててね、衣紋掛があるのに掛けないで、シュミーズを下に置くと気になるでしょう。好きな女のならば吊ってやるほうじゃありませんか。
三島　僕の威厳にかけて、そういうことはしません。（笑）

**石原**　僕は、自分のために不愉快だからするね。そういうものにフレッシュな感じを受けるということは、恐ろしいことだと思うな。

**三島**　僕は結婚してから、二百遍くらい女房を叱っているよ。効果があるかどうか全然わからない。向うもだんだんなれちゃうと、恐がりませんよ、叱っても。(笑)

**石原**　外で叱ったらしいということを他人から聞いたけど、日本的な亭主だな、外で女房を叱るというのは。

**三島**　君だって威張っているんじゃない、「おい」とかなんとか言って。

**石原**　だけど、僕は三島さんみたいに叱らないよ。

**三島**　人を叱るという気力はなかったですよ。結婚してそういう気力が奮い起されたんだから、大したものだよ。女房をよくしようという気があるから、涙をのんで叱るのでね。

**石原**　婉曲なオノロケだよ。(笑)

## パパの誕生、そわそわにやにやの弁

**石原**　こんどお子さんがお生まれになるそうで、その時はうんといや味な贈物をしたいな。ハハハ……。

三島　後輩ですからね、こっちは。

石原　人の子の親なんていうのはいやな言葉だね。

三島　なるほどね。石原さんも子どもがあるような顔をしないんだから、俺もそういうふうにしよう、これから。

石原　向うに行ってさ、僕はいつも十八歳以上に見られることはなくて、子どもがあると言うとゲラゲラ笑うんだ。「そんなつまらない嘘はつくな」と言う。(笑)

三島　君は十八歳か、おれは二十一歳だったよ。

石原　二十一歳ですか、ヘエー……。

三島　それじゃあバーなんか追い出されちゃうでしょう。アメリカに行ったら。

石原　エジプトに行った時、大統領に招待されたんだけど、偉い人が迎えに来るんですよ。僕が行くと心外な、バカにされたような顔をするので、不精髭を生やして、うんと大きいメガネをかけて、いつも大きい声で話をしてましたよ。そうしないと年相応に見えないらしい。

三島　僕の子供は六月頃に生まれるんだ。

石原　どっちが欲しいの。

**三島**　それは僕はギリシャ人だから嫡男が欲しいよ。ローマ人、ギリシャ人は、さむらいと同様、長男を生むために結婚したんですよ。

**石原**　芥川（比呂志）さんがね、三島さんは子どもをたくさん生みそうだから、いまに女の子が欲しいということになると、三島みたいに眉が太くて、三島みたいな背恰好の女がふえるぜ、といってたよ。

**三島**　いやはや。しかし、初めてのお子さんのときには、ちっともヒヤヒヤしなかった？

**石原**　ハラハラしなかったかい。

**三島**　ハラハラしたさ。

**石原**　やはり動顚するだろう。

**三島**　動顚しそうかい。ハハハ……愉快だね、きっと動顚するだろうな。先に苦労した人間はね、他人があとから苦労するのが楽しみでしようがない（笑）。三島さんと似た男の子が生まれたらいやだね。

**三島**　こんなおめでたいことないじゃないか。

**石原**　しかしなにか僕は、三島二世の誕生には関心があるな、真面目な話でね、大げさに言うと、最初の赤ちゃんが生まれると宇宙観みたいなものが変りますよ。

**三島**　どういうふうに……。

石原　それはね、僕が高校時分に、親父を早くなくした男がいて、電車にいっしょに乗っていると、「あっ、可愛い子だな」というんだ。右のほうを向いては、また、「あっ、可愛い子だな」。変な男だな、と思ったね。小さい子どもを見て、可愛いなんて言う感受性は、僕たちには全然なかった。子供ができるとそういう感受性が出て来た。
三島　三十を越してから、子どもは、人の子を見ても可愛いと思うようになったし、あんな子がいいなと思うようになった。
石原　僕は自分の子を可愛いと思うけれども、人の子は可愛いと思わないな。
三島　三十を越すと子どもが欲しいという意識が出てくるね。
石原　そうですかね、それは僕はわからない。
三島　子どもには早くから、どれが悪い人かいい人かという区別を、よくつけておかなければならないね。子どものときから石原さんのオジちゃんはどうしても嫌いだというようにしつけるよ。(笑)

## ノロノロ暮し推奨ゼイタク文化礼讃

三島　世界を回ってきてすごく感じちゃったんじゃないかな。

**石原**　いちばん感じたのは、日本人ほどプライベートの生活を犠牲にして生活している人間はないということ。日本人は仕事を楽しんでるでしょう。日本では銀行員とかサラリーマンはアミダをやったり、バトミントンをやったり、社長が来ないとか楽しんでいるけれども、アメリカ人はそうじゃありませんね。執務中はタバコも喫わないでガッとやって、ベルが鳴ったらさっと帰る。そのほうがほんとうだと思う。

**三島**　仕事というものはそういうものだと思うな。

**石原**　スペインのトレドの食堂に入ったら、食事しながら話をしてましてね、働くことが人生にとって非常に無意味で、仕事がなかったら人生はどれだけ楽しいか、酒を飲んで、女を抱いて、歌を歌って一日ゆうに暮れる。いかに働くことが意味ないかということをかわるがわるいろいろな人がいうんだ。僕のテーブルにいた学生風な青年が、ついにたまりかねて、俺は喜びをもって働いている、と叫んだんだ。すると、三十人ぐらいの客がワッと腹をかかえて笑うんですよ。「お前みたいなスペイン人は出て行け」とその若い学生にいっていたよ。青年はしきりになんとかかんとか言っているんだけれども、しまいにワァワァがやまないので黙ってすわっていましたけれども、愉快だったな。三島さんは南米が好きでしょう。僕は南米よりもヨーロッパに惹かれますね。

三島　僕は自分と反対な怠け者が好きなんだよ。

石原　逆だけれども、僕は怠け者そのとおりだ。

三島　怠けていられる才能がほんとうに羨しいな。南米人はただ町にポッと立っていて、こっちが映画を見て出てくると、まだ同じところに立っている。それもくだらない話で、ゆうべの女のどこにホクロがあったとか言って、手を広げて大袈裟に身振りをしながら、三時間もお茶も飲まないで立話をしているんだから。（笑）

石原　僕なんかに言わせると、僕はたくさんの仕事はしないけれども、三島さんみたいに仕事を選んでするというのは才能ですよ。

三島　それは僕は勤勉だからですよ。大工とか植木屋とか、そういう種類の人間だもの、僕は。

石原　僕は向うにいてよくわかったのは、贅沢ってどんなにすばらしいことかということですね。日本じゃ贅沢のよさがわからないでしょう。金がないからね。日本の金持は知れていますよ。とても外国でいう金持のレベルじゃ金はないけれども、気持だけは奢ってやろうと思う。だから、遊びに関しては大いにスノッブになろうと思っています。

三島　ヨットを買うというのは金持の贅沢だけれどもあんな贅沢はないね。日本でヨットを買う贅沢はないですよ。クルーを雇ってそうして島をどこか買ったりしてね。

**石原** 僕は今度ヨットを作った。島は買えないけれども実はリモートストックがあるのですよ。ほんとうに生意気な日本人が五、六人住むんですがね。いい土地が空いていたので、今ウイークエンド・ハウスを建築中だけれどそんなものじゃないんだ、日本のゼイタクはなにか実にみみっちい……。

**三島** ヨットでも十人は泊れなくちゃ。七人くらい泊れるベッドがあって……期待して待っていますよ。泊めていただくのを。

**石原** 三島さん、家を造らないでヨットを作ればよかった。

**三島** ほんとうだね。

**石原** この間、ヨットレースで優勝しましたよ。

**三島** 裕次郎さんなんかといっしょに行った時のレース。

**石原** ええ。三島さんをレースに一回お連れしたいな。

**三島** けっこうです。ひとのトレード・マークは見たくない。(笑)

**石原** そんなことじゃないですよ。

**三島** 僕は、ひとのトレード・マークを犯したくないし、僕のトレード・マークも犯されたくない。

石原　それで考えた末に剣道……。（笑）

三島　だけど、今度みたいに一人で旅行するといいね。

石原　遊山は人生のためにいいですよ。絶対すべきだな。いろいろな人の生き方が見られて面白かった。僕がいちばんいいなと思ったのは、ユーポートに素晴しいヨットが何千隻並んでいるんですよ。素晴しく大きくて、昔よかったものでしょうけれども、手入れもしなくなったインモーターのついたヨットですよ。もと有名なオペラの歌手の年よりですね。それがいつもそこに住んでいるんですよ。僕が船で出ていくときは、デッキ・チェアーで寝ているんですよ。二時、三時に目がさめると体操をして、まだ衰えていない自分の声を精いっぱい出して歌うの。すると酒を飲んでまた夜寝るんですよ、あれは理想的な西洋人の老人の生活だと思ったね。

（昭和三十四年年六月）

## あゝ結婚

**三島**　結婚の話ねェ。あのね、僕にとって結婚して何がよかったかっていうと、一言にして尽きるんですよ。孤独から救われる。それだけです。

**石原**　慣れてるね。昼間もどっかで同じことやってきたみたいだナ。(笑)

**三島**　茶化しちゃいけないよ、人が真面目にいってるのに。結婚前は誰でも波があるでしょう。世の中こんなに面白くていいのかと心配になったり、そうかと思うと翌日は、自分は最低の人間でこんなにひどい目に会う、と思うでしょう。波がものすごいですよ。でも結婚すると谷間がなくなる。いつも何だかガチャガチャしていて、税金の相談とか、婦人画報の対談、あれは明日の六時だ「そうか、やりきれぬな」なんてことといってるだけでずいぶん孤独から救われますよ。やっぱり人生ってのは孤独がいちばん毒でね、何年も続くとだんだん人相が悪くなってきちゃう。でも石原さんみたいに結婚前も結婚後も孤独でないという幸福な人もいるんだから、一概にはいえない。

**石原** 僕は逆ですね。結婚したら、孤独じゃないでしょうけれど、ひとりになりたくなったなア。

**三島** 君は今までひとりのほんとうのつらさというのが、分ってないんだ。いつもまわりにガチャガチャとりまきがいたんだろう。

**石原** そうじゃないですよ。いるようなつもりだったけれど、結局はいなかったんです。でも今は僕のまわりに明確に人がいますね。やっぱりそういうものの煩しさはわかるなあ。

**三島** でも男の骨身にしみた孤独というのは、君知らないだろう?

**石原** (笑いながら)それはやっぱり、『憂国』のプロデューサーだけにあるんじゃないかな(笑)。そういう孤独は……。

**三島** でもそれは、外国へひとりでいった時わかるよ。外国で半年もひとりで暮らしてごらん。何をしようが誰も見ちゃいない。絶対自由だろう。だけど絶対の自由っていうのは、ちょっとやりきれないところがあるな、ほんとに。なんかガチャガチャしばられている方がいいんだ。

石原　奥さんとか子供に対する責務みたいなもの感じますか？

三島　それは感じるよ。感じたくないと思う時だってあるけど、ニューっと顔がでてくれば、感じるような仕組みにできてるじゃない。どうしようもないよ。

石原　僕はそういうものに規律される自分が、とてもいやな時がありますね。

三島　それは仕方がないですね。男がここは何もかもほっぽり出して死ななければならない、あるいは生きなければならないという時、それを掣肘しちゃうのは結婚ですからね。卑怯になりますよ。

石原　家族のためっていうのは、男にとっていいわけにすぎないと僕は思う。

## 女はほめちゃいけないね

三島　結婚してからの女性観は多少変るよね。第一、女房ってのは時々こんなことといってもいいのかしらと思うくらい、肺腑をえぐるようなことというでしょう。恋人としての女は、それをいったらおしまいだと思うからいわないけど女房となると何いってもかまわないと思うらしく、時々いうね。それも悪意を持って責めていうんならわかるけど、そうでない。

石原　たしかにそうですね。ある作家の奥さんですが、僕なんかからみるといい奥さんなんですよ、名マネージャーだし。ところがうまくいかない時があった。僕なんか遊びにゆくでしょ、そうすると「石原君の小説読んだ、あれ面白かったな、あれいいわね」とか、何とかさんのあれ、くだらないなんていうんです。そういう意味で、その奥さんは小説の読める人だと思うんですけど、それを小説家のそばでいわれたらやりきれない。

三島　それはいけないねェ。

石原　恋人同士のときは、傷つかなくても、夫婦生活の中へ入ったら凶器になるということばってありますね。

三島　それはいくらもありますよ。文士の奥さんだったら、よかったらほめればいいじゃないか、何故ほめちゃいけないかというと、他人の女にほめられると男ってのはシャクにさわるんですよ。特に他人の女房にほめられると腹が立つことあるね。奥さんってとっても微妙な立場にいるということが、よーく分らなければいけない。八方破れの女か、それともよっぽど利口な女でないと、理想的な奥さんにはなれないでしょうね。会社の仕事もそうじゃない？　例えば下僚が上役のところに遊びにいく。そしたら奥さんが出てきて「××さんとってもよくお仕事なさるんですってね。主人もいつもほめておりますわ」てなことというのも、やっぱりいうべきじゃないだろうね。

**石原**　そうですね。

**三島**　昔は、武家の女房と町人の女房とわかれていた。武家の女房というのはだまって、顔も出さないでいい。だけど町人の女房というのは、ジャカジャカ出てくる。今、日本は町人の時代ですから、町人女房が非常に多いですね。

## 自分で自分を縛るということ

**石原**　不思議に思うことは、子供ができると女房ってものは、子供のメタファでもないし、ミディアムでもない——そんな感じしたな。

**三島**　どういうこと？

**石原**　つまり僕にとっては、やっぱり完全に子供が大事なんです。家族に対する責務を何に感じるかといえば、子供の方に感じて、子供がかぜばかりひいている、自分の部屋がない、なんてことで、ずいぶんムリして借金までして、身分不相応なうちをつくっちゃった。僕は女房のためには、こうまではしませんよ。

**三島**　というのは子供は弱いからさ。だから別にヒューマニズムでもなんでもない。

弱いものはかばってやる必要があるんだもの。かばってやらなければ死んでしまうんだから。だけど奥さんは決して弱くない。ほっといたって絶対生きるよ。僕が死んだって充分やっていけるね。子供はそうはいかない。

**石原**　三島さんは、奥さんと同じタイプというか、そういうジャンルに入る女のひとに結婚後も関心ありますか？　結婚でその相手を選んだというのは、ひとつの選択をしたわけでしょう。僕なんか、女の人をみれば自分の嗜好をただしますけど——

**三島**　うん、やっぱり女房に似たようなタイプ、好きだな。よくたいへんなトラブルがあって別れた夫婦で、今度再婚した相手をみてみると、前の奥さんとそっくりだなんていうのがよくある。そういう顔の女はこういう性格だということがわかっていそうなものだけれどね。

**石原**　僕は結婚してハネムーンにいったでしょ。東京に用事があって帰ってきたその日の午後、家内つれて歩いていたら、靴下がずれたから待ってください、というから待ったんですよ。二十メートルくらい離れて。側には誰もいなかつた。靴下を直して女房がトコトコとかけて追っかけてきた時、僕は立ちすくんだな。ゾっとして……。俺はこの女と——それは好き嫌いとか、他にいい女がいるということでなく——つまり一生この女と結びつけられたのか、そういう自縛感、こわさがあったなァ。

**三島**　なるほどね、よくわかるよ。

**石原**　男の結婚生活で、いちばん底にあるものがそれだと思うな。

**三島**　自分で自分を縛るということ、それ以外男が結婚する理由ないよ。どんな恐妻家でも、奥さんがその男を縛ってるなんて信じないね。どんな女だって男を縛るなんてできるはずがないからね。自分の中で自分を縛りたいという欲望があるからこそ、そこに女房とか子供がいるんだ。やっぱり人間本来の、巣をつくりたいとか、孤独から救われたいとか、どっかに根拠地がなければ困るとか、そういう思惑から始まったことでしょうね。もし別れてみれば、どうしてあんな女と一緒にいて我慢していられたのだろうと思い、半年くらいたって会えばきっとまたいい女だと思うに違いないよ。

**石原**　どうにもやりきれないけど、別れられないということあると思うな。そういうことよくわからないんだけどもさ。

**三島**　それは西洋人によくあるね。ほんとうに憎み合っていて別れられないというの。日本人はそこまで憎み合わないな。

**石原**　そうですね。

三島　あれだね。結婚生活していると、女房には女房なりの亭主の理想像というのがあって、そっちへ引っぱっていこう引っぱっていこうと絶えず腹の中で考えているね。だけどそっちへいきたくないから、わざとなるたけ理想像からはずれるようにはずれるようにする。だけど、今度世間に対した場合どうなるか——夫婦が共謀するわけだよ。妥協が入ってきて、こういう夫婦ですということをお互い世間にみせたくなる。そういうメカニズムでたいていの夫婦は動いているんだろうと思うな。

石原　奥さんってのは、自分と亭主という意識で考えるでしょう。男てのは、そうは思わない。つまり夫婦像というのは男の側からは意識したことないんだな。

三島　そうです。そうだから男はますます孤独になって、子供ができてもまた別の孤独感におそわれる。萩原朔太郎のアフォリズムに「父は永遠の悲劇である」というのがあるが、子供が大きくなるとおふくろの味方になり、言葉は通じなくなり、親父のいうことは全部愚劣、おふくろのいうことこそ正しい、ということになるよ。僕は理想の父親像というのはね、漁師の親子みたいに、子供にまず縄のない方を教える、それから網はこうやってうつんだよ、魚はこういうところにおるんだよ、ここには岩礁があるから気をつけるんだよ、という根本的な父と子の関係の父親だね。

**石原**　そして途中、教えきらないで、レクチャアの四分の三くらいのところで父親が死ぬんだな。

**三島**　そう、死ぬんだ。それは最高ですよ。

**石原**　僕はこういう父を願うね。

**三島**　失礼だが、君のお父さんが早くなくなられたことは、君の中で父と子の関係を、かなり美しくみせているんだよ。生きてるとまたうるさいことになるんだよ（笑）。君のお父さんがご存命だとすると、君とてもあんなきれいな小説かけませんよ（笑）。男というのは、生物学的な役割をはたし、息子に対する技術的な伝授を終わったら死ぬべきなんだよ。男盛りで死ぬべきだ。

**石原**　三島さんのお父さんみたいに、ご健在で視力があって、お前の週刊誌は面白くないとか、お前週刊誌に書きすぎるぞ（笑）、なんていってくれる人がいた方が僕はいいけどね。僕は親父のやらなくちゃならぬことを、今やってるんだもの。

**三島**　君は自分に対して、父親と息子の一人二役をやってるわけ（笑）。ただ、実業家なんかで親父がものすごくえらくていまだに実力があると、息子にはたいてい欠陥あるな。

石原　ほんとうに父親というのは夭折した方が、イメージが鮮明に残るな。

三島　そうだよ。おふくろは八十でも九十でも生きてればいい。

## ペッタリ女房は？

石原　三島さんの短篇小説で「施餓鬼船」というのがありますが、三島さんが僭越にも結婚前に小説家の結婚について書かれたものです。たいへん面白い小説で、小説家にとっての良妻悪妻が出てくるんですけど、良妻というのはやっぱり家をむしばんでゆく白アリみたいなもので、特に芸術家にとってはいけないもんだということを、僕はあの小説読んで感じちゃった。

三島　〝お書き遊ばせ〟という奥さんはいちばんいけないんだよ。とうとう離婚したある劇作家と女優の夫婦だけどね、実に献身的な奥さんなんだ。彼が原稿書いていると、唐紙に耳をつけてサラサラという万年筆の音をきいている。うまくいってるな、ああ安心したといって、お茶のオーダーでもあるだろうと、茶の間でじっと待っている。またしばらくして唐紙に耳をあててみると、ウーンなんてうなってる。これはよほど仕事が難渋している。コーヒーを持っていって「仕事がお苦しいようだからコーヒーでも」——これが最大の離婚理由だと思う。そら、たまらないですよ。そんな奥さんがうちにいたら。

**石原**　山田五十鈴もやっぱりその点で、亭主に捨てられる。衣笠貞之助さんも三島さんと同じことといってました。きれいな女房にいつもぺったりそばにいられるとたまらないんですね。

**三島**　そうかって、やっぱりこっちはわがままだから、あんまり構われないと、なんだ気がきかないといっておこる。でも小説家の場合は特殊な例ですからね。ぺったりでかまわない人もいるんですよ。結婚生活ってのは、ぬるま湯かもしれない。いつも洗面器にぬるま湯が入れてあって、外から帰ってぬるま湯で手を洗う……それではじめて安心するというのがまず九〇パーセントの男の生活じゃないかな。うちへ帰って、熱湯がシューと出てきても困るし、水をいきなりかけられてもまた困る。女のひとには、愛情というものに対する通俗的なイメージがあってね。それにいちいち応えていると、アメリカ人みたいになる。一日に必ず三度、アイラブユーをいわなければならないとかね。だけどあれは、女性心理というものを知った上であいうことをやっているんでほんとうはウソですね。

**石原**　僕の知ってる女優さんで、亭主がもう三年くらいうちに帰ってこない。ずいぶん方々に女がいるんだけれど、月に一回くらいゆくところがなくて、そこに帰ってきてねるだけ。結局まわりにすすめられて離婚したんですが、亭主がそこへ居を構えた時、そのまま持ちこんできたコケシのコレクションがあるんですよ。それを亭主が判ったあとで、荷物をとりにきて、それ自分のコレクションだから持っていくといった。彼女、それみて泣き出しちゃった。そのあと大荒れに荒れている。僕は離婚できて嬉しいからかと思ったら、そうじゃなくて逆なの。そういう心理って、女にはあるんだね。亭主が三年間うちに帰ってこなくても、電話だけかけたら、ああいう女のひとというのは——

**三島**　やってゆけるんだね。

**石原**　ずうっとその家庭守っているでしょう。やっぱり、夫婦生活、家庭というものは、そういう形に人間をゆがめていきますよ。

**三島**　疑問というか矛盾に感じるのは、それじゃ人間はひとりでいたらゆがめられないかというと、四十歳でひとりでいてごらん、絶対ゆがめられちゃう。

**石原**　プレイボーイと称して結婚しない男が僕のまわりにもいるけれど、率直にいって片輪という感じがする。それから何度も離婚して、何度も結婚する人いるでしょう。

**三島**　いる、いる。
**石原**　僕は、羨しいという感じしない。
**三島**　僕もしないね、全然。あれ、バカなんじゃない？　だっていっぺんでこりない（大笑）。こりたらガマンすべきじゃないかな。
**石原**　婦人画報向きじゃないね。（笑）

## 結婚は甘くはない

**三島**　でも、たとえば大人の生活は不潔だ、偽善でみにくいとかいってる人は、結婚しない方がいいね。それは社会生活というものの本質がわからないうちは、結婚生活もできないと思うから。だから若い人の結婚には賛成できない。
**石原**　しかし偽善とか、そういうものは結婚しなければわからないんじゃないかな。
**三島**　それじゃ、すこし遅すぎる。やっぱり結婚する前に、偽善の本質というのを見きわめなくちゃ。結婚も社会のひとつなんだから、社会というものを知ってから結婚する方がいい。
**石原**　社会ってのは何か知らないけれど他人とのかかわりあいということで考えれば、

僕はやっぱりそれを体得したのは、結婚してからだな。

**三島**　ただ甘い連帯感とか、わが同志とか、友情とか、そんなことを考えているうちは、結婚しない方がいいんじゃないかな。

**石原**　そら、そうですね。

**三島**　つまり、結婚とはそんなに甘いものでないということを、男は少なくとも知っていて、女をリードしてゆかなければだめなんだと思う。女にそんなこと知らすといやらしくなっちゃうから、なるたけ知らない年頃の女をもらってね。それでやっていったらいいんじゃないかな。女はすぐ覚えちゃうからね。男が六年で覚えることを、女は一ヵ月で覚えるんだから。それでだんだん結婚生活しているうちにバランスがとれてきて、どっちも一筋縄ではいかなくなって、もうとりかえしがつかなくなる。気がついた時は七十ぐらいになっていておしまいということになるんじゃないか――。

（笑）

**石原**　三島さんは結婚生活で抑圧がおありになるようで――（笑）、だいぶご自身の結婚生活を観察していらっしゃる。しかし、いいんだナ、結局。つまり結婚したてに近い状態なんです。

**三島**　どうしてサ。

石原　やっぱり、あきてない。（笑）

## 穴の中の動物たち

三島　でも夫婦てのは変なもので、人にはさんざん女房の悪口いうくせに、第三者にお宅の奥さんよくないといわれたら、みんなおこるからね。これは絶対の心理だよ。誰でもそうだよ。別れかかっている夫婦でもそうじゃないかな。おそらく。
石原　自分の買った品物だからな。
三島　あれは不思議だね。
石原　しかし、三島さんに会って夫婦の話するとは面白いなァ。（笑）
三島　だって、そういうことでもなければ会えないから。でもやっぱり、夫婦なんて動物か昆虫みたいに、小さな穴の中に入って、世間から知られないで仲よく一緒に買いものにいったり、小さなけんかしたり、そんなことの連続で仲のいいまま死んじゃったら、どんなにいいかと思うけれど、どうしても新しい夫婦の形というのは、社会へ開かれているから問題がおこるんだよ。やっぱり夫婦の基本的な形、美しい夫婦というのは、動物なんだ、要するに——僕はそう思う。知的な美しい夫婦とか、精神的に観念的に高い夫婦の結合とかいうのは、全く信じない。動物としてほんとうにやさしく、仲よくからだをすり寄せて穴の中に入っているというのは、理想的な姿だな。

**石原**　それはほんとうにそうだなァ。たとえばおしどりでも、それから逆にメスが美しい夫婦でも、つまり生物の形象というのは、やっぱりひとつの絶対的な表示ですよ。ある意味で。だから、よく外国の雑誌なんかに出ているけれど、似たもの夫婦といって、年とって七十か八十くらいになって、ほんとうによく似た夫婦の写真って見ることあるでしょう。あれは、内面はいろいろ問題があるかもしれないけれど、あそこまでゆきつけばいいんじゃないですかね。

**三島**　そうだね。結論が出たね。

（昭和四十一年四月）

Ⅲ

# 士道について——石原慎太郎氏への公開状

三島由紀夫

永年貴兄と愉快な交際をしてきた小生が、事もあろうに、新聞紙上に公開状を発表しようというのは決して愉快なことではありません。私信ですませるべきだという考えもありましょう。しかし私には事柄が全く公的な性質のものだと思われ、参議院議員としての身分を持たれる貴兄に物を申すには、この形式をとるほかになかったことを、まず御諒解ねがいたいと思います。

私はごく最近、『諸君！』七月号で、貴兄と高坂正堯氏の対談「自民党ははたして政党なのか」を読みました。そして、はたと、これは士道にもとるのではないかという印象が私を搏ちました。私は何も自民党の一員ではありませんし、この政党には根本的疑問を抱いています。しかし社会党だろうと、民社党だろうと、士道という点では同じだというのが私の考えです。

実はこの対談の内容、殊に貴兄の政治的意見については、自民党のあいまいな欺瞞的性格、フランス人の記者がいみじくも言ったように「単独政権ではなくそれ自体が連立政権」に他ならない性格、又、核防条約に対する態度、等、ほとんど同感の意を表せざるをえないことばかりです。

貴兄に言わせれば、三島が士道だなどと何を言うか、士道がないからこそ多数を擁して存立している自民党なのだ、ということになるかもしれません。しかし、「ウエスト・サイド・ストーリイ」の不良少年の歌ではないが、すべてを社会の罪とし、自分らの非行をも社会学的病気だと定義するとき、個人の責任と決断は無限に融解してしまう。現代社会自体が、自民党のこの無性格と照応していることは、そこにこそ自民党の存立の条件があるといえるでしょうし、坂本二郎氏などはそんな意見のようです。

しかし、貴兄が自民党に入られたのは、そのような性格を破砕するためだった筈です。私はこの対談を二度読み返してみて、貴兄がそういう反党的（！）言辞を弄されること自体が、中共使節の古井氏のおどろくべき反党的言辞までも、事もなげに併呑する自民党的体質のお蔭を蒙っている、という喜劇的事実に気づかざるをえませんでした。貴兄が自民党の参院議員でありながら、ここまで自民党をボロクソに仰言る、ああ石原も偉いものだ、一方それを笑って眺めている佐藤総理も偉いものだ。いやはや。これこそ正に、貴兄が攻撃される自民党の、「政治というものの本体は、欺瞞でしかないということを、政党としての出発点から自分にいい聞かせているようなところ」そのものではありませんか。

私の言いたいのは、内部批判ということをする精神の姿勢の問題なのです。この点では磯田光一氏のいうように、少々スターリニスト的側面を持つ私は、小うるさいことを言います。党派に属するということは、(それがどんなに堕落した党派であろうと)、わが身に一つのケヂメをつけ、自分の自由の一部をはっきり放棄することだと私は考えます。

なるほど言論は自由です。行動に移されない言論なら、無差別に容認され、しかも大衆社会化のおかげで、赤も黒も等しなみにかきまぜられ、結局、あらゆる言論は、無害無効無益なものとなっているのが現況です。ジャーナリズムの舞台で颯爽たる発言をして、一夕の興を添えることは、何も政治家にならなくても、われわれで十分できることです。もちろん貴兄が政治の実際面になかなか携われぬ欲求不満から、言論の世界で憂さ晴らしをされているという心情もわからぬではありません。

では、何のために貴兄は政界へ入られたか? 貴兄を都知事候補にすることに、ほとんどの自民党議員が反対し、年功序列が狂うのを心配している、と貴兄は言われるが、もともと文壇のような陰湿な女性的世界をぬけ出して、権力争奪と憎悪と復讐が露骨に横行する政界に足を踏み入れた貴兄にとっては、そんなことは覚悟の前であった筈です。

私は貴兄のみでなく、世間全般に漂う風潮、内部批判ということをあたかも手柄のようにのびやかにやる風潮に怒っているのです。貴兄の言葉にも苦渋がなさすぎます。男子の言としては軽すぎます。

昔の武士は、藩に不平があれば諫死（かんし）しました。さもなければ黙って耐えました。何ものかに属する、とはそういうことです。もともと自由な人間が、何ものかに属して、美しくなるか醜くなるかの境目は、この危うい一点にしかありません。

私は政治のダイナミズムとは、政治的権威と道徳的権威の闘争だと考える者です。これは力と道理の闘争だと考えてもよいでしょう。この二つはめったに一致することがないから相争うのだし、争った結果は後者の敗北に決っていますが、歴史が永い歳月をかけてその勝敗を逆転させるのだ、と信ずる者です。もちろん楽天的な貴兄の理想は、この力と道理を自らの手で一致させるところにあるのでしょうし、悲観的な小生の行蔵は、道理の開顕にしかありません。しかし今のところ貴兄の言説には、悲しいかな、その政治的権威も道徳的権威も、二つながら欠けています。貴兄に言わせれば、すべては自民党が悪いのでしょうが、どうもこの欠如は、貴兄のケヂメを軽んずる姿勢に由来するように思えてなりません。W・H・オーデンは、『第二の世界』の中で、「文学者が真実を言うために一身を危険にさらしているという事実が、彼に道徳的権威を与える」と言っていますが、これは政治家でも同じことです。「士気すでにみちたる上は、節によるこそよけれ」と、斎藤正謙が『士道要論』で言っている「士節」とは、この道徳的権威の裏附をなすものでもありましょう。

（昭和四十五年六月十一日）

# 政治と美について——三島由紀夫氏への返答

石原慎太郎

率直にいって、三島氏の公開状を読んで辟易しました。もとより、自ら古典主義者といわれる三島さんにとっては、政党政治という、政治における近代的方法は理解の以前に嗜好の対象になり得ぬものでしょう。もっともあなたが、「政治」そのもの、「権力」そのものを嫌いだとは夢思いませんが。

あなたの公開状はいくつかの、いかにも三島さんらしい、しかし、やや軽率な誤解を基に書かれています。

第一に、政党に籍を置くということは、武士が藩を選ぶのとは顕らかに、全く、違います。現代の政党は、中世封建期の藩という独立した権力的エスタブリッシュメントとはおよそ異なるものであって、与党野党を問わず、それは個々の政治家にとって、その政治を全うするための方便手段でしかありません。

私が党につかえているのではなく、自民党が私に属しているのです。それ故に、政党は時代や情況に応じて、分裂もし合併もし、人間の入れ換わりが有り得ます。藩には、中央絶対権力のとり潰しでもない限り、そうしたメタモルフォルゼは有り得なかった。その政治工学的機能の違いをわきまえず、藩と政党を一緒くたにして「士節」を説く三島説は、たとえ現在の自民党に安心満足している政治家たちにとっても、尚迷惑なものでしかないでしょう。私も自ら選んで入党の際から、主取りする侍のように、自分の人生を今在る政党に預けたつもりは毛頭ありません。

偉そうなことをいっても、武士は所詮、藩から禄をはんでいたが故に、その殉死もあり得たでしょうが、私は国から歳費こそ頂け、自民党からびた一文禄をもらってはいません。

くり返して申しますが、自民党は、私という政治家にとって、目的ではない、ただ、目的のための一つの手段です。それが政党政治における、政治家と政党の本質的関係と私は判断します。

だから、私はあなたのいうように、党に属したのではない。私がつかえたものは「政治」そのもの、つまり国家です。私は「政治」に直接属したことで、確かに一部の自由は放棄しましたが、政治の方法に対する自由は決して喪ってはいません。だからいつか、もしそれを良しと判断すれば、あなたが憧れる、政党政治を否定するクーデターも支持するかも知れません。

誤りの第二は、いささか個人的なことですが、あなたは、私の発言が、結局みんな自民党が悪いんだと、あの対談の中で語った事実、委員会での発言封じや、都知事候補への党内の反対（断わっておきますが、私は自分からそれを希んだことは一度もありません）等々による欲求不満からの憂さ晴らしとされ、同情までして下さっていますが、これは少々迷惑な同情でしかない。その点については、縷々述べれば述べるほど言訳がましくなるので止めますが、要するに、私は言及しなかった他の数々の支障をも含めて、そうした障害を悠に挽回する、私自身の政治目的を遂げるための布石を入党来今日まで積上げて来たつもりです。現在それは目だたなくとも、近い将来、自民党一人だけでなく、日本の政治を変貌変質させる発火点となり得る事態にまで育って現われると信じます。

例えば、先の総選挙では、同じ政治意識で結ばれている私たちの政治活動「日本の新しい世代の会」の同志である六人の衆議院議員が誕生しました。これらの仲間は既成の派閥とは違った本質関係を互いに持つ政治的「数」です。先のソビエトの日本近海演習計画の際にも、与野党の中で、正式に強い抗議を行なったのは、この仲間だけでした。そして来年の参院選には、私達は更に新しい二つの議席を持つでしょう。これはいわば遅まきの政治のヌーベルバーグです。だから私に今、政治的欲求不満はありません。私が党批判をする限り、私は、私の政治に対する自民党の効用を見限ってはいません。美しいか醜いかだけのあなたには、多分、こんな我慢は出来ないでしょう。

あなたは、私が「内部批判」の「反党的（！）言辞を弄する」ことを、士道にもとる精神の問題だとかいわれますが、正直いって、あなたの美意識が政治に向かって説く武士道に私は当惑します。

「君が芸術的な政治をやろうなどと思った瞬間、君は全てを喪って破滅するだろう」という、有益な忠告をたまわったのは、三島さん、確かあなたではなかったでしょうか。

現代政治における政党は、中世の閉ざされた藩とは違って、それに属するものが一部の人間たちであろうと、政治工学からしても、公けに開かれたものです。まして与党は、その性格が即、現行の政治に反映します。その党に籍を持ち、少なくとも外部にいる氏以上に内にいてその欠陥を見届けている私が、それについて唇を閉ざし沈黙を守ることは、あなたの政治美学（？）では美徳であっても、現実の政治の内では、私の志向する「政治」に期待してくれた人々に対しての背信でしかないと私は信じます。

自民党の欠陥性格がそのまま露呈している現実の政治への不満不安を解消していくためには、その病因病状を果敢に診断することです。そして、党の内外の人間が、自民党という政治手段に、まだ可能性を認め、期待するならその診断をくり返し患者につきつけ、その回復措置に努力すべきでしょう。

あなたの説に従えば、自民党員は、自らの党の欠陥を他の指摘に待ち、その改修を他の手にゆだねよというのでしょうか。私の言に苦渋がなく、男子の言として軽いといわれればそれまでですが、私は政治における苦渋を、言葉よりも、政治の中に自分で石を積む行為そのものに現わそう、いや、現われるべきだと思います。

私は、私自身が下した自らの党への診断を他に問い、その療法を実行することで、さらに新しい他の仲間を獲ち得ていこうと思います。反党的内部批判も私にとっては一つの方法です。私の批判は、利害を異にする外国の首相のいいなりに同調するロビイイストのそれとは本質的に違うものと自負します。

私と彼との道義道徳の違いは、あなたがおっしゃるように、歴史が多分そう遠くはない将来に少しずつ証明してくれるでしょう。

最後に、私は政治の世界に入ったことで、政治、芸術を含めて人間の方法が力を喪った今日、その混乱の中で、いつの間にか政治と芸術という対極の方法が、対極のまま間近に背中合わせになっていることを悟らされました。二つの対極的方法の密着背反という距離的錯覚の陥し穴に落ちぬためにも、私は決して芸術的政治をしようとなど心がけませんし、政治的文学をものしようなどとも思いません。

三島さんも、その陥し穴の罠に気をつけて下さい。そうでないと、あなたのプライベートアーミイ「楯の会」も、美にもならず、政治にもならぬただの政治的ファルスのマヌカンにしかなりかねませんから。

（昭和四十五年六月十六日）

あとがきにかえて

# 三島さん、懐かしい人

石原慎太郎

三島さんに対して僕は愛憎半ばという感じもあるけど、あの人のことは本当に好きだった。頭のいい人でね。僕にとって文壇において他の文士とはまったく違う存在だった。

三島さんとは何回か対談をしていて、最初と最後の対談、それともう一つを合わせて、『三島由紀夫の日蝕』（新潮社）に入れたんだ。だけど、今回、この本（『中央公論特別編集　三島由紀夫と戦後』）に収録されるという三つの対談（「モテルということ」「新劇界を皮肉る」「天皇と現代日本の風土」）の存在は、自分でもすっかり忘れていたよ。どれも風俗的なテーマのものだが、読み直してみて実に懐かしかった。

## 真剣持参の最後の対談

三島さんとの対談で一番覚えているのは、最後の対談「守るべきものの価値」（一九六九年）だね。最初の「新人の季節」（五六年）はもうたどたどしくて、自分では読むに堪えないし、あの人が先輩としていろいろ心配して付き合ってくれた。それから二度目、三度目とやっていくうちにこっちもだんだん慣れていったな。

最後の対談のときは、三島さんが気負っていた。真剣で斬り殺されそうにもなったんだよ。当日、秋口だったけど、三島さんは自称〝隆々たる肉体〟が透けて見えるメッシュのポロシャツを着て、手に錦の袋に入れた真剣を持ってきたんだ。それで「今、居合の稽古の帰りだ。ひと汗かいて気持ちよかった」といった。僕は嘘をつけと思った。だから次の日、三島さんの家に電話して、家政婦さんに「昨日、三島さん何時に家を出られました？」と訊いたら、対談の直前の五時ぐらいに出ているんだ。三島さんは見せるためにわざわざ真剣を持ってきていたんだ。

僕が居合は何段ですかと訊くと、三島さんは三段だと答えた。普通、居合の稽古をすれば、左の手の親指なんかを切るから「それなら今までにずいぶん指を切ったでしょう」と訊いたら、「馬鹿いえ、どこに切った痕がある」と憤然とした。それでぜひ技を見せてくださいというと、「君はどうせ馬鹿にするから嫌だ」といったんだけれども、わざわざ持ってきた剣を見せたくて仕方がないのがわかっていたから、ちゃんと真面目に見ますからと正座をした。そうしたら「それなら見せてやる」と、隣の部屋へ行ってやりだした。それで、一つ一つ何の型、何の型ととなえながら、畳を強く踏みつけて、「これが道場の床だときれいないい音がするんだ」とかいったりしていたけど、居合は踊りじゃないから、音についてどうこういったりして、何か変な気がしたね。

最後に僕の前にすすっと出てきて、上段に振りかぶったんだよ。それで一気に刀を降り下ろして、僕の頭上で寸止めするつもりだったんだな。ところが、間尺を間違って鴨居を斬りつけちゃったんだ。それであわてて食い込んだ刀をひねって引いたら、パリンと五センチぐらい刃が欠けてしまった。「これを研ぎに出すと十万円ぐらいかかるな」っていったんだよ。何をくだらんことをと思ったね。

三島さんが「ここはちょっと部屋が狭かったからな」っていうから、「居合っていうのは狭い部屋でやるじゃないですか。僕が鉄扇か何かを持っていたら、頭を鉄扇で殴られていますよ」っていった。そうしたら「どうせ、君はあちこちで吹聴して回るんだろう」っていうから、いや何もいいませんよっていったんだけどさ。対談が終わって三島さんが帰った後、その場にいた『月刊ペン』の町田編集長が、「石原さん、危なかったですね。あの踊りに似た居合じゃ、寸止めできなかったはずです。止めるつもりでいたけど、止まらずに斬られてましたよ」といったんだよ。いや、僕もそんな気がしたんだ。

初めにこんなことがあって始まった対談だった。もともとのテーマは「男は何のために死ねるか」だった。それで、男の最高の美徳とは何かっていう話から始めようとしたら、彼が「ちょっと待て、入れ札しよう。君も紙に書いて出せ。俺も紙に書いて出すから」といって、札を出したら、その答えがまったく同じだった。「自己犠牲」だったんだよ。そういうところは、ぴちっと合ったんだな。

三島さんは、このときいろいろ気負っていたし、この対談を自分の対談集『尚武のこころ』に入れたとき、後記に「旧知の仲といふことにもよるが、相手の懐ろに飛び込みながら、匕首(あいくち)をひらめかせて、とことんまでお互ひの本質を露呈したこのやうな対談は、私の体験上もきはめて稀である」と書いている。それを読んだとき、奇異な感じがしたけど、その後、結局ああいう格好で亡くなったから、とても大事な対談だったと思います。

## 衰弱ぶりに涙が流れた

最後の大作『豊饒の海』（一九六五〜七〇年）は、誰も批判しないけど、冗漫で、文体がだらけていて、退屈な小説ですよ。野坂昭如が「あの大作について誰も何もいわない。『いいとか悪いとかいう前に、退屈で読めなかった』といったのは石原ぐらいで、ほかの人は読んだか読まないか知らないけど、誰も本気で論評しない」といっていた。

実際、僕は第一巻の『春の雪』から退屈で読めなくてね。ヨットで怪我して、一週間ぐらい酒を飲まずに安静にしていろと医者にいわれて、そのときに無理して読んだ。三島さんが好きだったし、あの人に対する自分の責任として我慢して読んだけど、とにかくつらかった。それで、読み終わったときに、あの人がかわいそうで泣いたんですよ。第四巻『天人五衰』の最後に「数珠を繰るような蟬の声がここを領している」ってあるけど、僕はあの箇所は気の毒で泣いたな。彼がたどりついた虚無の世界の表象でした。こんなにも衰弱しちゃったのかなと思ったよ。

結局、あちこちで自己模倣していて、それはもう作家としての衰弱の証拠だった。

僕の好きな画家にジョルジョ・デ・キリコがいるけど、キリコの晩年の絵も全部自己模倣なんだよ。キリコのことを思い出した。

『豊饒の海』はよくないけど、三島さんには、長篇にも短篇にも素晴らしい作品が多かった。長篇でいえば、『仮面の告白』（四九年）がそうだし、男色の世界を書いた『禁色』（五一～五三年）もいい。『禁色』なんかは、僕なんかのあずかり知らぬ世界だけど、自分のことを書いているから、その辺にリアリティがあった。ところが、やっぱり徐々に自分の抱えているジェニュインなものがなくなってくると、結局、下敷きを持ってきて書くわけですよ。『金閣寺』（五六年）もそうだし、『潮騒』（五四年）も完全に『ダフニスとクロエ』でしょう。六〇年代の小説でよかったのは、料亭を舞台にした『宴のあと』（六〇年）、近江絹糸のストライキを扱った『絹と明察』（六四年）。

短篇では、初期の「春子」（四七年）、「山羊の首」（四八年）などが素晴らしいな。三島さんは東京ではなくてわざわざ田舎で徴兵検査を受けて、第二乙種合格になる。実質的に兵役を拒否して、逃げ回った。その逃げ回った中での耽美性みたいなものがこの二作には描かれている。「春子」は、夜間空襲に備えて遮光幕が垂らされた部屋の中で、男が自分の好きな女の浴衣を着るという淫靡な世界ですよ。それは灯火管制の中だから、逆にエロチックで、センシュアルなんだ。「山羊の首」も戦争末期に、兵士が百姓娘と草むらで性交していて気がついたら、そこに勤労動員の少年たちが腹をすかせて殺して食った山羊の首があった。それ以降、戦争が終わってからも、その山羊の首の幻影を見るようになる。

こういう作品は、戦争というものを、非常にセンシュアルに、逆にひっくり返して書くことによってリアリティがあったんだね。戦争を逃げ回った三島さんのまさに一つの真実の世界ですよ。だから、官能的なんだ。三島さんには実質的な兵役拒否に対する原罪感があったんじゃないかと思う。自分は頭がよくても、肉体的には決定的に見劣りしているという意識があったから、ボディビルを始めた。それによって、逆にあの人の生きている社会が本当に虚構になっちゃった。

## 「俺には何も残されていない」

僕は六八年七月の参院選の全国区に出馬したんだけど、そのとき今東光も一緒に出た。実は、その同じ選挙に三島さんも出るつもりでいたらしいんだ。三島さんのお母さんと佐藤栄作首相の寛子夫人は仲がよかったんです。お母さんが寛子さんに「息子がつまらん、つまらんっていうので、困るのよ。それで、どうしてって訊いたら、川端（康成）さんがノーベル賞を取るし、石原は政治家になっちゃうし、もう俺には何も残されていないといっている」と話していたらしい。

　信じられなかったので、後で調べたら、一期前に全国区で当選していた八田一朗に、選挙資金がどれぐらいかかるか相談もしていた。自民党から出るつもりだったのか、自前で出ようと思ったのかわからないけど、出馬の相談をしているんですよ。結局、僕と今東光に先を越された形になって、その後、おもちゃを取られた子どもみたいに変にすねてしまって、僕の悪口をいい出したりしてね。

　三島さんが自決する前の年、「鉢の木会」で彼と一緒だった大岡昇平さんとゴルフをした。そのとき、大岡さんに「このごろの三島さんは一体どういうことですか」と訊いたんだ。そうしたら、大岡さんが立ち止まって天を仰いで「あの人は日増しに喜劇的になっていくなあ」と暗澹とした声でつぶやいたのを覚えている。中村光夫や「鉢の木会」のみんなが心配したり、軽蔑したりしていた。晩年の三島さんについてまったく何もいわなかったのは、小林秀雄と福田恆存だった。

　六九年十一月の「楯の会」創立一周年の式典の案内が三島さんから届いたけど、僕は欠席の通知を出した。その後、三島さんに会ったとき欠席をなじられて、「『楯の会』はおもちゃの兵隊だから、芝居だから国立劇場の屋上でパレードやるんでしょう」といったら、「よけいなことをいうな」と怒られたよ。

三島さんは川端さんに式典で祝辞を述べてもらうつもりでいたらしいんだけど、川端さんに依頼したら「絶対に嫌だ」と断られた。村松剛はそのことを心配していたね。川端さんは、三島さんのことを最初に認めた人だったけど、本当はあまり好きじゃなかったと思う。小うるさいというか、わずらわしいと思っていて、ジェニュインなものを感じなかったんじゃないかな。

## 反クーデター計画と「公開状」

同じ六九年の暮れ近くだったと思うけど、当時の佐藤内閣の官房長官だった保利茂に、翌年の施政方針演説のアイデアを貸してくれと、文化庁の初代長官だった今日出海さん、三島さんと僕の三人が呼ばれたことがあった。今さんが何を話したかはさっぱり覚えてない。僕は、あのとき重要法案が三つほどあったので、最初から政府の姿勢をはっきり示して、国民の批判と判断を仰いだほうがいいといった。保利さんは「国会の議論が白熱化する恐れがありますから」という反応だった。僕も今さんも白熱化はいいじゃないですかといったのだけれど。

その後、ずっと黙って聞いていた三島さんが「私に二十分ください。一人でしゃべりますから、口を挟まないでください。私のいったとおりのことをそのまま総理に伝えてください」といった。それで何を話したかというと、政府による自衛隊を使っての反クーデター計画でした。どこそこに何師団を配置して、新聞やメディアは全部戦車で封鎖して、議会は閉鎖。百人ぐらいの有識者を選んで、国家の政策をそこで決める……。僕は啞然として聞いていた。三島さんが話し終えたら、保利さんが「いやいや、おっしゃるとおりですな。でもなかなかそうはいきませんでな」といなしてしまったな。

三島さんと保利さんが帰った後、今さんが葉巻に火をつけながら、「石原君、三島君はどこまで本気なのかね」と訊いた。僕も初めて聞いた話で、それまでいろいろな議論をしてましたが、あれは次の小説のプロットということでしょうと答えた。今さんは黙って、何もいわずに帰っていきました。

それから半年くらい経って、「毎日新聞」（七〇年六月十一日）に、三島さんの「士道について――石原慎太郎氏への公開状」が載った。それが、自民党員が自民党を批判してどうする、重ねて殿様の悪口をいうんだったら、武士を辞めて腹を切って死ねという滅茶苦茶なものだった。国会議員は国から給料をもらっていて、自民党からもらっているわけじゃないのに、そんなこじつけもしていた。あれには毎日新聞社も困っちゃってね、反論（「政治と美について」六月十六日）の機会を与えますが、三島さんから次といわれても、私たちは一回きりしか載せませんといわれた。

その「公開状」の後、三島さんと一度だけ政治について正面から話したことがあった。そのとき僕はこういったんだ。日本には今、大きな問題が二つあって、一つは核の問題で、もう一つは憲法だ。ロシア、中国が核を持ち、日本はアメリカに守られているけど、日本は核を持つか持たないか決めないと、世界の中でどんどん気圧されていく。僕は若泉敬にいわれて日本の代議士で初めてアメリカの核戦略基地のNORAD、SACを視察して、アメリカの核の抑止力など機能的に存在しないと悟らされたのだ。その話をしたら、三島さんは「それは俺の専門じゃないからわからん。それは君に任せる」といった。

もう一つの憲法についても訊いてみた。あなたは日本語を好きなんでしょう、あの前文を見て、あんなでたらめな助詞使いで読むに堪えないのに、あなたは何で直さないのよっていったら、顔色を変えて黙っちゃった。それで、「よし、憲法は俺がやる」といって、「楯の会」に持ち帰った。

しばらくして雑誌『論争ジャーナル』の中辻和彦から、三島さんが、「この前は石原からいわれて返す言葉がなかった。彼のいうとおりだ。核の問題は石原に任せよう。憲法は俺たちがやろう」といっていたと聞かされた。その後、「楯の会」では憲法問題研究会が開催されたらしい。

## 事件の日と川端康成

僕は村松剛と仲がよくて、村松も三島さんと仲がよかったから、三人でよく話もした。三島さんの最後のころ、村松が「慎ちゃん、三島が死にたがって、死にたがって、心配なんだ。困った。大丈夫だろうか」というから、心配しなくていいんじゃないかと答えたんだけれどもね。しばらくして、あの事件が起きた。

あの日、七〇年十一月二十五日は、ホテルニューオータニで仕事をしていた。そうしたら、秘書から「大変です。大事が起こっています」と電話が入って、市谷の現場に駆けつけた。すると、川端さんがどこか近くの宿屋か何かで仕事していたのか、先に来ていた。

僕が着いたら、バリケードが張られていて、警察が「石原さんですか。まだ検証は済んでいませんが、現場をご覧になりますか」と訊かれたけど、先に川端さんが現場に入ったと知らされて、僕は断ったんだよ。なぜかそのときに遠慮して、現場に入らなかった。入らなくてよかった。その日の夕刊で三島さんが割腹しただけじゃなくて、首をはねさせていたことを知ったんだ。僕はやっぱり、転がっている彼の首を見たら、何かを感じたと思う。見ておけばよかったという気もするけど、やはりあのとき見なくてよかった。あれを見た川端さんは、あれから変になっちゃったからね。

川端さんは明らかに、胴体から離れた三島さんの首を見て何かを感じとったんだろう。川端さんも、ある意味では怖いものを書いてもいたけど。あんな耽美的な人が、自分の美的な世界とは異なる、まったく異形なものを見たわけでしょう。もともと睡眠不足でノイローゼ気味の人だったけど、事件の後、人と話しているときに「あ、三島君が来た」とかいったりして、おかしかった。川端さんもそれからまもなく死んじゃったからね。結局、三島さんは強がっていても、ある意味では弱い人だった。だから、ああいう虚構を張って、ああいう死に方をしないと、自分で書いた芝居の幕を下ろせなかったんだろうな。

## すべてがバーチャルだった

以前、僕は「三島氏の死はあきらかにこの日本の社会に退屈をもたらした」と書いた。三島さんの死から四十年だけれども、三島さんは予見性のある人だった。三島さんには分析力、洞察力があったし、鋭い人だった。それで独特のレトリシアンだったし。とにかく知的な刺激を受けましたね。そういうキラキラした人がいなくなっちゃったじゃない？　三島さんが死んで日本は退屈になった。これで僕も死んだら、日本はもっと退屈になるだろう。（笑）

三島さんは、日本の敗戦からの復興、戦後の紆余曲折の中で、日本人にとって予想外の高度成長、そしてそれがもたらした贅沢というものを、ある意味、一番体現した作家だったんじゃないか。今の日本のこの体たらくを見ると、高度成長が虚構だったこともわかる。皮肉ないい方をすると、それもまた、そのまま表象した人だったかもしれない。しかし、その崩壊も彼は予見していたんだよ。

三島さんは、亡くなる年の夏に、このまま行ったら「日本」はなくなってしまう、その代わりに、「無機的な、からっぽな、ニュートラルな、中間色の、富裕な、抜目がない、或る経済的大国が極東の一角に残るのであろう」と書いている（「果たし得ていない約束」）。

「無機的な、からっぽな、ニュートラルな……」というのは、あの人の家を見たらわかるじゃない？　三島さんがハウスウォーミングのパーティを開いて、一度だけ家に行ったことがあるんだ。「ヴィクトリア王朝のコロニアル様式」か何か知らないけど、あんな見るにつらい、バカバカしい家はないよ。

　ちょうどそのときに岡本太郎も来ていて、シンクで酒を飲んでいた。太郎さんに「どう、この家」と訊いたんだよ。そうしたら「俺はこんな贅沢趣味は嫌いだ」というから、「これは贅沢趣味っていうんじゃない、悪趣味っていうんですよ」といった。太郎さんが「そうだよな」とうなずいた。そのままいると、三島さんに「どうだい、石原さん」って訊かれるから、すぐに帰っちゃった。もしあの家が何エーカーかある丘の上に聳え立っていたらいいけど、同じ小さな敷地のなかには両親のための和風の家もあるし、庭にあったアポロ像にしてもレプリカのレプリカでだんだん形も崩れてきている。三島さんは自分の家のことを「インチキを本物らしく見せる」なんて書いていたらしいけど、あの家が三島さんだった、そんな感じがするね。あの人の肉体も同じだった。

結局、あの人は全部バーチャル、虚構だったね。最後の自殺劇だって、政治行動じゃないしバーチャルだよ。『豊饒の海』は、自分の人生がすべて虚構だったということを明かしている。最後に自分でそう書いているんだから、つらかったと思うし、気の毒だったな。三島さんは、本当は天皇を崇拝していなかったと思うね。自分を核に据えた一つの虚構の世界を築いていたから、天皇もそのための小道具でしかなかった。彼の虚構の世界の一つの大事な飾り物だったと思う。

それでも、やっぱり僕にとっては、三島さんは懐かしい。三島さんは「俺は歳を取ったら、『魅死魔幽鬼翁』と改名するんだ」といっていたんだ。僕はそのほうがよかったと思う。それでホモセクシュアルに徹するとか、悪趣味、不気味な趣味に徹する。そうしたら、もっと強い人間になったと思うけどな。（二〇一〇年九月十四日）

＊このインタビューは『中央公論特別編集　三島由紀夫と戦後』（二〇一〇年十月刊）のために行われた。

# 初出一覧

新人の季節　『文學界』昭和三十一年四月号
七年後の対話　『風景』昭和三十九年一月号
天皇と現代日本の風土　『論争ジャーナル』昭和四十三年二月号
守るべきものの価値　『月刊ペン』昭和四十四年十一月号
モテルということ　『日本』昭和三十五年二月号
新劇界を皮肉る　『潮』昭和三十九年三月号
作家の女性観と結婚観　『若い女性』昭和三十三年四月号
「教養」は遠くなりにけり　『婦人公論』臨時増刊「教養読本」昭和三十四年六月
あゝ結婚　『婦人画報』昭和四十一年四月号
士道について　「毎日新聞」昭和四十五年六月十一日付夕刊
政治と美について　「毎日新聞」昭和四十五年六月十六日付夕刊

## 編集付記

一、本書は一九五六年から六九年に行われた著者の全対話九編を文学・思想、芸能・風俗の二部構成で収録し、一九七〇年の「毎日新聞」紙上での論争を併せて一冊にしたものである。中公文庫オリジナル。

一、収録作品のうち「新人の季節」「七年後の対話」「守るべきものの価値」は新潮社版『決定版 三島由紀夫全集』を、「天皇と現代日本の風土」「モテルということ」「新劇界を皮肉る」は『中央公論特別編集 三島由紀夫と戦後』を底本とした。単行本・全集未収録である「作家の女性観と結婚観」「『教養』は遠くなりにけり」「あゝ結婚」および、「士道について」「政治と美について」は初出紙誌に拠った。

一、底本中、明らかな誤植と思われる箇所は訂正し、表記のゆれは各篇内で統一した。

一、本文中、今日の人権意識に照らして不適切な語句や表現が見受けられるが、著者のうち一人が故人であること、刊行当時の時代背景と作品の文化的価値に鑑みて、底本のままとした。

中公文庫

# 三島由紀夫 石原慎太郎 全対話

2020年7月25日 初版発行
2024年2月29日 5刷発行

著　者　三島由紀夫
　　　　石原慎太郎

発行者　安部 順一

発行所　中央公論新社
〒100-8152 東京都千代田区大手町1-7-1
電話 販売 03-5299-1730 編集 03-5299-1890
URL https://www.chuko.co.jp/

DTP　平面惑星
印　刷　三晃印刷
製　本　小泉製本


Published by CHUOKORON-SHINSHA, INC.
Printed in Japan　ISBN978-4-12-206912-1 C1195

各書目の下段の数字はISBNコードです。978－4－12が省略してあります。

# 中公文庫既刊より

こ-14-2
## 小林秀雄 江藤淳 全対話
小林 秀雄
江藤 淳
一九六一年の「美について」から七七年の大作『本居宣長』をめぐる対論まで全五回の対話と関連作品を網羅する。文庫オリジナル。〈解説〉平山周吉
206753-0

こ-14-3
## 人生について
小林 秀雄
名講演「私の人生観」「信ずることと知ること」を中心に、ベルグソン論「感想」（第一回）ほか、著者の思索の軌跡を伝える随想集。〈解説〉水上 勉
206766-0

よ-15-10
## 親鸞の言葉
吉本 隆明
名著『最後の親鸞』の著者による現代語訳で知る親鸞思想の核心。鮎川信夫、佐藤正英、中沢新一との対談を収録。文庫オリジナル。〈巻末エッセイ〉梅原 猛
206683-0

よ-15-9
## 吉本隆明 江藤淳 全対話
吉本 隆明
江藤 淳
二大批評家による四半世紀にわたる全対話を収める。『文学と非文学の倫理』に吉本のインタビューを増補し改題した決定版。〈解説対談〉内田樹・高橋源一郎
206367-9

え-3-2
## 戦後と私・神話の克服
江藤 淳
癒えることのない敗戦による喪失感を綴った表題作ほか「小林秀雄と私」など一連の「私」随想と代表的な文学論を収めるオリジナル作品集。〈解説〉平山周吉
206732-5

は-73-1
## 幕末明治人物誌
橋川 文三
吉田松陰、西郷隆盛から乃木希典、岡倉天心まで。歴史に翻弄された敗者たちへの想像力に満ちた出色の人物論集。文庫オリジナル。〈解説〉渡辺京二
206457-7

む-28-1
## 幕末 非命の維新者
村上 一郎
大塩平八郎、橋本左内から真木和泉守、伴林光平まで。歌人にして評論家である著者が非命に倒れた維新者たちの心情に迫る、幕末の精神史。〈解説〉渡辺京二
206456-0

な-73-3 鷗外先生 荷風随筆集　永井荷風

師・森鷗外、足繁く通った向島・浅草をめぐる文章と、自伝的作品を併せた文庫オリジナル編集。巻末に谷崎潤一郎、正宗白鳥の批評を付す。〈解説〉森まゆみ

206800-1

ひ-37-1 実歴阿房列車先生　平山三郎

阿房列車の同行者〈ヒマラヤ山系〉にして国鉄職員だった著者が内田百閒の旅と日常を綴った好エッセイ。人物像を伝えるエピソード満載。〈解説〉酒井順子

206639-7

ひ-37-2 百鬼園先生雑記帳 附・百閒書簡註解　平山三郎

「百閒先生日暦」「『冥途』の周辺」ほか阿房列車でお馴染み〈ヒマラヤ山系〉による随筆と秘蔵書簡への詳細な註解。百鬼園文学の副読本。〈解説〉田村隆一

206843-8

う-3-17 青山二郎の話・小林秀雄の話　宇野千代

稀代の目利きと不世出の批評家を無垢の眼で捉えた全文集。両者と大岡昇平による著者をめぐるエッセイを併録。文庫オリジナル。〈解説〉林秀雄・宇月原晴明

206811-7

お-2-17 小林秀雄　大岡昇平

親交五十五年、評論から追悼文まで「人生の教師」であった批評家の詩と真実を綴った全文集。巻末に小林との対談収録。文庫オリジナル。〈解説〉山城むつみ

206656-4

い-38-4 太宰治　井伏鱒二

師として友として太宰治と親しくつきあった井伏鱒二。二十年ちかくにわたる交遊の思い出や作品解説など太宰に関する文章を精選集成。〈あとがき〉小沼丹

206607-6

し-9-7 三島由紀夫おぼえがき　澁澤龍彥

絶対と相対、生と死、精神と肉体——様々な観念を表裏一体とする激しい二元論に生きた天才三島由紀夫。親しくそして本質的な理解者による論考。

201377-3

く-26-1 石原慎太郎を読んでみた 入門版　栗原裕一郎　豊﨑由美

『太陽の季節』から『天才』まで、膨大な作品群を人気書評家二人が繙き、語り、その真価に迫る！　受けて立つ⁉　石原慎太郎氏本人との鼎談も収録。

206521-5

各書目の下段の数字はISBNコードです。978-4-12が省略してあります。

み-9-15
## 文章読本 新装版
三島由紀夫

あらゆる様式の文章・技巧の面白さ美しさを、該博な知識と豊富な実例と実作の経験から詳細に解明した万人必読の書。人名・作品名索引付。〈解説〉野口武彦

206860-5

み-9-11
## 小説読本
三島由紀夫

作家を志す人々のために「小説とは何か」を解き明かし、自ら実践する小説作法を披瀝する、三島由紀夫による小説指南の書。〈解説〉平野啓一郎

206302-0

み-9-12
## 古典文学読本
三島由紀夫

「日本文学小史」をはじめ、独自の美意識によって古今集や能、葉隠まで古典の魅力を綴った秀抜なエッセイを初集成。文庫オリジナル。〈解説〉富岡幸一郎

206323-5

み-9-13
## 戦後日記
三島由紀夫

「小説家の休暇」「裸体と衣裳」ほか、昭和二十三年から四十二年の間日記形式で発表されたエッセイを年代順に収録。三島による戦後史のドキュメント。

206726-4

み-9-14
## 太陽と鉄・私の遍歴時代
三島由紀夫

三島文学の本質を明かす自伝的作品二編に、自死直前のロングインタビュー「三島由紀夫最後の言葉」（聞き手・古林尚）を併録した決定版。〈解説〉佐伯彰一

206823-0

み-9-10
## 荒野より 新装版
三島由紀夫

不気味な青年の訪れを綴った短編「荒野より」、東京五輪観戦記「オリンピック」など、〈楯の会〉結成前の心境を綴った作品集。〈解説〉猪瀬直樹

206265-8

み-9-9
## 作家論 新装版
三島由紀夫

森鷗外、谷崎潤一郎、川端康成ら作家15人の詩精神と美意識を解明。『太陽と鉄』と共に「批評の仕事の二本の柱」と自認する書。〈解説〉関川夏央

206259-7

み-9-16
## 谷崎潤一郎・川端康成
三島由紀夫

世界的な二大文豪を三島由紀夫はどう読んだのか。両者をめぐる批評・随筆を初集成した谷崎・川端文学への最良の入門書。文庫オリジナル。〈解説〉梶尾文武

206885-8